全民微阅读系列

一条自由飞翔的鱼

YITIAO ZIYOU FEIXIANG DE YU

江东璞玉 著

江西高校出版社

JIANGXI UNIVERSITIES AND COLLEGES PRESS

图书在版编目（CIP）数据

一条自由飞翔的鱼 / 江东璞玉著 . — 南昌：江西
高校出版社，2017.11 （2021.1重印）
（全民微阅读系列）
ISBN 978-7-5493-5056-8

Ⅰ. ①… Ⅱ. ①江… Ⅲ. ①小小说—小说集—中国
—当代 Ⅳ. ① I247.82

中国版本图书馆 CIP 数据核字（2017）第 017546 号

出 版 发 行		江西高校出版社
社 址		江西省南昌市洪都北大道 96 号
总编室电话		（0791）88504319
销 售 电 话		（0791）88592590
网 址		www.juacp.com
印 刷		永清县晔盛亚胶印有限公司
经 销		全国新华书店
开 本		700mm×1000mm 1/16
印 张		14
字 数		160 千字
版 次		2017 年 11 月第 1 版
		2021 年 1 月第 2 次印刷
书 号		ISBN 978-7-5493-5056-8
定 价		45.00 元

赣版权登字 -07-2017-39

目录

第一辑　小小说卷 / 1

那儿，有一片桃林 / 1

童话 / 5

君子姑娘 / 8

我的父亲是那人 / 11

拯救 / 14

老张同志 / 17

项链 / 20

素描 / 23

红颜 / 26

名人 / 29

你是官不是民 / 32

再死一回也行 / 35

醉美人 / 38

摄像头 / 41

喜羊羊与灰太郎 / 44

生命的密码 / 48

寻找杨小羊 / 51

一里一里的阳光 / 54

撵走和撵不走的 / 57

姿势 / 60

爱拼才会赢 / 63

苏盛的冰箱 / 66

官司 / 69

丁大夫 / 72

人人都能做领导 / 75

怀念狼 / 78

欲望树 / 81

生意 / 84

皮袄 / 87

账房先生 / 89

爷孙卖药 / 92

如履薄冰 / 95

一条自由飞翔的鱼 / 98

强子和麦子的故事 / 101

远逝的纸鸢 / 105

花期已过 / 108

骑着单车去石坡 / 111

喝豆浆 / 115

世外桃源 / 118

第二辑　散文卷 / 122

丝瓜花开 / 122

半个苹果的爱 / 125

洗书记 / 128

穷人的富贵病 / 130

大肚佛 / 133

养石 / 135

干枝梅 / 137

放手 / 139

山的儿子 / 141

别了我的农贸市场 / 144

记忆深处的冀寨 / 149

兄弟树 / 152

两棵核桃树 / 156

倒塌的老房子 / 159

母亲的地界 / 161

给父母拍张照片 / 164

向父亲借钱 / 167

把父母放到石头上 / 171

迷失在都市里的父亲 / 174

母亲的味道 / 177

清明祭 / 181

从此聆听在梦里 / 186

天堂里的父亲 / 194

好大雪 / 198

母亲的苞谷 / 201

陪母亲走在冬日的暖阳里 / 204

后记——人生三梦 / 209

我的爱情梦 / 209

我的摄影梦 / 212

我的文学梦 / 214

第一辑　小小说卷

　　我喜欢把小小说写得像散文一样美！这个美包括两个方面的内容，一个是语言文字的美，富有韵律（音乐）的美，诗意（书画）的美；一个是整篇文章里小说味儿的美。读小说应该是精神愉悦的享受而不是感官的刺激抑或热闹。

　　"太阳高高地挂在当空，晒在身上暖烘烘的，我在桃林里跑着，笑着；追蝴蝶，撵蜜蜂……这个花蝴蝶真好看，薄薄的双翼绿中透白，白中透红，在阳光下悠闲地扑闪着，惹得太阳直眨眼，我瞅准机会，猛地扑过去……蝴蝶飞走了，我却跌倒在地。"

　　是不是很美呢？希望读者诸君喜欢！

那儿，有一片桃林

　　我们便熟起来。我知道她是温老师的女儿，也是前些日子来学校玩的。我们就日日在屋后桃林里玩。看蜜蜂立在花上和飞来的燕子说话，拿花布衫儿去扑蝴蝶……玩累了，跑够了，就坐到桃树下歇着。

一条自由飞翔的鱼

父亲所在学校的屋后，是一片很大的桃林。

太阳高高地挂在当空，晒在身上暖烘烘的，我在桃林里跑着，笑着；追蝴蝶，撵蜜蜂……这个花蝴蝶真好看，薄薄的双翼绿中透白，白中透红，在阳光下悠闲地扑闪着，惹得太阳直眨眼，我瞅准机会，猛地扑过去……蝴蝶飞走了，我却跌倒在地。

"呜呜……""格格格……"，有人在笑我。我抹一把泪。前面桃花丛中，一个俊俏的小姑娘正望着我笑。

"你是谁？"我一下子站起来。

她却又"格格"地笑了，摇着扎蝴蝶结的羊角辫，用小手在鼻子上刮一下，"不羞！"我恼了，转身要走。她却跑过来，让我看她手中的花儿。那白皙的小手上，托着几朵粉红的桃花，煞是好看。

"你喜欢花儿吗？"

"喜欢！"我又急忙改口："不，女孩子才喜欢哩！""格格格……"她又笑了。

她就是秀儿。

我们便熟起来。我知道她是温老师的女儿，也是前些日子来学校玩的。我们就日日在屋后桃林里玩。看蜜蜂立在花上和飞来的燕子说话，拿花布衫儿去扑蝴蝶……玩累了，跑够了，就坐到桃树下歇着。

"你会唱歌吗？"秀儿问我。

"不会。"

"你会啥呢？"

"我会背诗。"

"你背吧！"

于是，我就把父亲教了几个晚上的诗大声背下来：

清明时节雨纷纷，

路上行人欲断魂。

借问酒家何处有？

牧童遥指杏花村。

"这个村一定叫桃花村了。"秀儿转过脸，望着我。

"不知道。"我说，"你也背一首好吗？"

"妈妈教我唱歌，我唱一支歌儿吧！"

一条大河波浪宽，

风吹稻花香两岸。

我家就在岸上住，

听惯了艄公的号子，

看惯了船上的白帆。

她尖着嗓子憋红了脸，羊角辫上的蝴蝶花一颤一颤。唱完了，我们就收拾花儿。她送我一盒，我也送她一盒儿。

我和秀儿在父亲房间里"过家家"。温老师进来了。她看了看我们，抿嘴一笑，对父亲说："吴老师，咱们做亲家吧！"

父亲先是一愣，紧跟着就大笑起来。

我问父亲："做亲家是干啥？"

"就是让秀儿给你做媳妇呀！"

我的脸不知咋的就红了呢。秀儿却在一旁"咻咻"地笑。第二天，

3

一条自由飞翔的鱼

秀儿流着眼泪来找我，说是我给她的那盒花儿死了。我赶忙捧出她给我的那一盒，打开一看，呀！那早晨还带着露珠，水灵灵、亮鲜鲜、蝶儿翅似的花儿竟蔫蔫的了。

"我们埋了它吧！"秀儿流着眼泪说。

在那棵老桃树下，我们轮换着挖了两个坑儿，把两个花盒儿埋下去，把土堆得老高。

秀儿的眼睛始终红红的，泪水不住地流下来。我的眼睛也不由自主地湿润起来。

好一会儿，秀儿抬起头："人死了，要写对子，你会写吗？"

我茫然地望着她。

"给花儿写对子呀！"她仰起泪脸认真地说，"我怎么会呢？"她又流泪了。

我说："我想了一副，不知行不行？"

"你说吧！"

"花开花落都为花，春来春去总是春。"我说。

她竟说"真好"。要我用棍儿在地上写下来。"都""落""总"三字不会写，我们就回去问温老师。

当温老师和我父亲知道这件事时，竟笑得抬不起头来，说我们"真傻！"秀儿问温老师："花儿死了，和人不一样吗？"

一九七四年，秀儿和温老师随"右派"爸爸去了新疆。从此，我再也没有见到过秀儿。

又是桃花盛开的时节了。秀儿，你现在在哪儿？你还记得那遥远的、梦境般的桃林吗？还记得我们童年的梦的桃林吗？那令人难忘的桃林！秀儿,回家来吧,我们一同去寻那花儿,去寻那儿的桃林!

童 话

　　林子还梦见从上游涌进涝池的水里那些活蹦乱跳的鱼,梦见大哥从涝池捉回的鳖,梦见从距家三十里的工厂里来的工人在涝池边支了鱼竿钓鱼。梦见他和哥哥趁打鱼的工人不注意,上了这地方很难见到的铁皮小船,船划到水中间,忽然船内进水了……林子从梦中惊醒,才意识到这些梦其实都是他童年时代的生活重现。

　　林子的梦很美。

　　那时候,林子上学,放学都要穿过那一片茂密的竿园。苇园其实就是芦苇园,家乡人一直把芦苇叫苇子的。苇园好大啊,密密麻麻的苇子铺天盖地,从它腹地穿过的小路也被它挤得很瘦,在小路的上空,不时有苇子越过小路手牵了手,背靠了背,有的甚至缠绵在一起。林子背着母亲手工缝的书包穿过苇园时,总是小跑着的。呱呱叫的声音总是那么悦耳,不时就有蛇啊,小兔子啊跑出来……

　　苇园的一头是林子的家。三间土屋被杨树啊、槐树啊、核桃树啊包围着,在长满绿苔的滴水檐下的石缝间有蚂蚁在搬家,门前宽大的场院里那个一身雪白的大公鸡挺着血色的冠子,昂着它高傲的头,在一群芦花鸡的爱情里陶醉;苇园的另一头是村上唯一的碾子。

碾子永远在转，不论白天还是黑夜，咿咿呀呀的声音像一首永远唱不完的童谣。

林子从梦中醒来时，充满脑子的就是烦恼。芋园早都毁掉了，那不过是童年的梦。大学毕业快一年了，却始终找不到工作。学农林的他，到南方去求职到处碰壁。回到家，该动的关系都动了，该搬的亲戚都搬了，该花的钱也花了，工作还是没有一点希望。

白天，林子去帮父母干点地里农活，父母总是催他，回家看书去吧，去找同学玩去吧。他知道父母也怕乡亲们白多黑少的眼睛，上大学了，还不是照样握锄把？

到了晚上，林子就开始做梦。

林子梦到村口的涝池又溢满了水，蹲在自己门前的院坝边就能洗衣服的。母亲还是那么年轻，穿着家织布，紫色白花大襟褂子的母亲蹲在清亮亮的水边，她手中的棒槌一下一下很有节奏的捶在像案板一样光滑的洗衣石上。母亲的臀翘着，母亲的上衣和裤腰间露出一段耀眼的白。母亲忽然转过的头呈现出一张温润、满足、幸福的脸盘子，在秋天的阳光下，像一盘盛开得灿烂的向日葵。

林子还梦见从上游涌进涝池的水里那些活蹦乱跳的鱼，梦见大哥从涝池捉回的鳖，梦见从距家三十里的工厂里来的工人在涝池边支了鱼竿钓鱼。梦见他和哥哥趁打鱼的工人不注意，上了这地方很难见到的铁皮小船，船划到水中间，忽然船内进水了……林子从梦中惊醒，才意识到这些梦其实都是他童年时代的生活重现。

第二天，林子就到了村口的涝池。涝池的堤还在。这是20世纪五六十年代修建的"五马连环"工程。在这方圆十里的地方硬是动用了几千、几万的人，用最原始的工具，镢头、掀、箩筐、石夯修筑了五个涝池，把雨天的水蓄起来，天旱的时候浇灌庄稼。庄稼丰收了，村庄也变得像小江南了。夏天的晚上，绿树间，月朦胧；池塘里，蛙声鸣；洗衣淘菜的妇女笑声一片，孩子们嬉水的欢笑声撒满了池塘。

现在，涝池里一点水都没有，涝池底已经种了庄稼。周围的树也呈现出一种死气沉沉的迹象。

那天晚上，林子又做梦了。他梦见自己掉在门前的水渠里，清亮亮的水从他的腿上流过，像无数的小鱼在嗑他的腿，麻酥酥、痒酥酥的。水涨了，一下子进了他的嘴里，甜甜的。他梦见了老池的水、芋园的鸟、胖胖的小兔子，还有翻着白肚子的鱼……

第二天，林子找到了村主任。林子说，村主任，我要承包涝池！我要承包芋园！

村主任说，林子，你在说梦话吧？涝池和芋园都毁了多少年了。

林子说，村主任，我要承包涝池！我要承包芋园！十年！不，二十年！还不，三十年不变啊！

村主任看了看林子的眼睛，村主任说，行！我支持你！

林子和村上签定了承包合同。林子再没有做那个童年的梦了。林子在白天造梦，林子的梦造的热火朝天。林子一躺到床上就打起了呼噜，林子睡得很香。

第二年春天，省道洛洪路通往林子村上的丁字路口，竖起了一个很大的广告牌——"水上人家"欢迎你！服务项目：划船、钓鱼、烧烤、农家乐……

君子姑娘

火炉里的火已经熄了。杯子里只剩下残茶和些许剩水。你说：听，外面雪好像不下了。

是吗？也许，明天是个好天气！

夜很静。

没有风。窗外正无声地飘着雪花。一杯热茶，温柔的灯光，炉子里的火正熊熊地燃烧着……

你说："夜很好，讲个故事吧！"

1. 我第一次见到君子姑娘时，她是一个好单纯的小姑娘。说她小，是就她小小的身材，小小的嘴巴，小小的眼睛，小小的鼻子，甚至小小的耳朵而说的。总之，你如果见到她，在心里立时有一种"小"的感觉。那是我收假回学校的第一天，同宿舍的好友告诉我："外边有一个小女孩找你。"

站在我面前的是一个文文静静的女孩，白净的小圆脸上架着一副银白色细框眼镜，齐耳的秀发在耳轮下朝前微微地弯着。

"你就是柳静言吧！"她怯怯地问一声，又抿嘴浅笑起来。两腮就凹下去两个好看的小酒窝儿。

"你是……"

"我叫文君子，从商洛来……"

哦，原来是老乡来了。在我们学校，每届新生来后，都先找上届老家的同学，认了乡亲，就会论资排辈哥哥姐姐地叫起来。

2. 第一次和君子姑娘外出时，君子走在我的右侧。她一个劲地说："静言，妈妈会知道的。妈妈会骂我的。妈妈会不喜欢我的！"

我告诉她："我们去一个很好玩的地方。那儿有秀气的石山，有明净的湖水，水上漂着漂亮的小船，船从拱形石桥下穿过，岸上的翠柳就会佛下来，抚摸着你的面颊，你的脖颈，就像温柔的春风……还有好看的红亭子，湖心的小岛……"

我说这些话的时候，君子就睁了好大好圆的眼睛，一眨不眨地盯着我，还不时地问一句："真的吗？真的吗？"

船，悠悠闲闲地荡在湖面上。我和君子坐在小船上，谁也不去理躺在舱里的舡板。我一手握了打开盖子的饮料，一手扶着船帮，看君子安详地玩水。君子一边吃着雪糕，一边用手在水中轻轻地划动。那葱根一样的手指在绿水中像几条小小的游鱼，自由自在的上下游动。

"多好玩，多好玩呀！要是妈妈能来该多好啊！"君子忽然抬起头，望着我认真地说。

"妈妈怎么能来呢？她离我们有好几百里之遥。"

"妈妈好可怜。永远都没有出来玩过！"君子挺伤感地说。我发现她的眼睛里竟有几多哀伤之情。

3. 逛大街的时候（除非你有非买不可的东西，否则君子是不会上大街的），君子始终和我保持几步之遥，在人多的地方，我们往往被冲散。我不得不停下来，等她，找她。有几次，我试着用手去拉她，像哥哥牵着妹妹那样走。这个时候，君子就会把双手背在身后，一双眼睛求助地望着我。于是我退缩了，那是一双怎样的眼睛呀！简直就是两泓看不见底的清泉。

君子哪里知道，正因为这样，她险些失去了一只肩膀。

那次，我和君子上街回来，横穿马路时，一辆警车呼啸而来。君子惊呆了，站在马路中央不知所措。我伸手去拉她，君子竟然又把手背转过去，警车一个急转弯，挂倒了君子。

……

4. 医院里，君子那只缠满纱布的臂膀放在被子外边。她的眼睛微微眯着，嘴角露苦涩的笑。

君子的妈妈来了。这是一个性格孤僻的妇女，朴素的衣着很干净。四十多岁的妇女，脸上不施一点脂粉，很少说话。她的不很丰满的脸上明明白白的表现出，她年轻的时候，一定比君子还漂亮。

"君子的爸爸怎么没来？"我轻声细语地问道。

"怎么，君子没有告诉你？"她平平淡淡地反问。

"没有，她从来不谈她的家庭。我也从来不问她的家庭。"

"好的，我告诉你，她的爸爸早死了。"说这句话时，她同样是平平淡淡的。

"妈妈，我从来没有碰过男人的手，真的！"君子一见到妈妈，就急急地说。

我吃惊了。

君子的妈妈点点头，说"好孩子，我相信你！"

君子笑起来，笑得很美，很满足。

火炉里的火已经熄了。杯子里只剩下残茶和些许剩水。你说：听，外面雪好像不下了。

是吗？也许，明天是个好天气！

我的父亲是那人

那一刻，我的眼里涌满了泪水，情不自禁地流了下来："爸……"我就是这个女孩，我就是那人——我父亲最亲最亲的女儿。

那人是医院门口卖水果的，摆了一个水果摊，水果也是大路货，皱巴巴的苹果，变色的香蕉……稍微有点档次的人看病人也不会买他的水果。知道他底细的人说，他就是个光棍汉，水果虽然不好，但便宜，生意勉强也能够维持。因为不抽烟，不喝酒，也舍不得进饭馆吃一顿好的，也许能攒点钱吧。

周围摆摊的人都认为他就是打一辈子光棍的命了。他家在距县城十几里的乡下水库底下，从小就是个孤儿，没妈养，没大教的孩子。家就是老辈留下的三间土房，伸手能够到房檐。庄稼不会做，他就到了县城，拉个板车，批发点次品水果卖。可是，命运有时候就是那么不以人的意志为转移。有一天，隔壁小卖部的阿姨告诉那人，医院里接生了一个孩子，大人和孩子都没人领养。医生说了，谁付了接生的费用，谁就把这对母女接走。媳妇和女儿都有了。阿姨说，我就想到了你。挣钱干啥啊？不就是说个媳妇成个家嘛。

那人就去了医院。医生都认识，说，是个好事。这女人来到医院时，孩子快生了，却没有家属。医院不可能把人扔到外边不管吧。救死扶伤是医生的天职啊。这不，孩子生下来了，大人孩子都平安。看，多漂亮的女儿啊！那人看了，果然是很漂亮的一个女孩，粉嘟嘟的圆脸，胖乎乎的小手，黑葡萄般的大眼睛。那人心里某个地方一动，很热。再看那女人，模样也周正，只是目光有点涣散，很疲惫的神情。那人掏出人造革钱包，付了医院的费用，用贩水果的板车把这对母女拉回了家。

女人有轻微的精神病。不犯病的时候，照看孩子，收拾屋里，给男人做饭样样都能干。春天里，女人甚至养了一头小猪，等这头小猪长大，就快过年了。那人杀了猪，给自家留了猪头，把剩下的猪肉全卖了，给女人和女儿买了新衣裳，买了红红的对联，红绸子做的一大盘鞭炮。这个年，是那人长这么大过得最有意思的年，也是最热闹，最开心的年。那人乐得合不拢嘴，"我媳妇"，"我女儿"地排阔。有年轻人就说那人，排阔啥哩，媳妇是人家的，女儿也是人家的。那人就笑，没人领，都是我的。又说，看俺媳妇多勤快，俺女儿多亲啊。说着话，就在怀里的女儿脸上亲一口。这时候，女儿已经开始学说话了，学会的第一句话就是，大大。女儿在那人胡子拉碴的脸上亲一口，锐声喊："大大"。

女人身体不好，那人领女人去医院检查了，医生说是心脏不好。但不碍事。医生甚至问那人，在哪给女人看了病？那人茫然地看着医生。医生说，去年女人来生产时，明显的精神有问题。那人说，跟了我就没犯过。医生给那人翘了大拇指。说，了不起。女人身体不好，那人就说，你少做点活。家里的活越做越多，不做就没有了。女人不说话，只是把家里收拾得很干净。女儿长到三岁的时候，女人给那人生了个男孩。女人高兴，女孩高兴，那人更高兴。动了全村的人给孩子过满月。

生活有了奔头，那人的水果摊摆大了，苹果也水灵灵的，香蕉黄澄澄的，添了葡萄，添了鸭梨……甚至进了彩色的包装纸，包了水果，扎了很漂亮的平安结卖给看病人的家属。那人衣服穿整齐了，脸盘子刮得很净。熟悉的人都说，那人年轻了十岁。

一转眼，女儿上初中三年级，男孩上小学六年级。女人却在那年冬天离开了那人和一对儿女。那人哭得稀里哗啦，把一村的男人都惹得红了眼睛，让一村的女人都埋怨自己的男人，看那人，才是真男人哩。安葬了女人，那人把一双儿女带到县城，继续他的小商小贩生意。女儿坚决不上学了，给那人和男孩做饭，洗衣，帮那人守摊。

有一天，来了一个男人，很体面的一个男人。男人走到守摊的女孩面前，说，孩子，我就是你的亲生父亲。你妈妈已经不在了，你就跟我走吧。我已经联系好了县上最好的学校。你现在需要上学，不是在这守摊。

女孩看都没有看这个男人，说，你走吧。我不认识你。这时候，那人从远处走来，女孩指了指那人，对男人说，那人才是我父亲。我要给我父亲和弟弟做饭哩。

男人看着走过来的那人，羞愧地低了头，匆匆离去。

那人走过来，手里攥着一卷纸，很开心的样子。那人看着女孩，咧开厚厚的嘴唇，笑了。说，闺女，我把转学手续弄到手了。

那一刻，我的眼里涌满了泪水，情不自禁地流了下来："爸……"我就是这个女孩，我就是那人——我父亲最亲最亲的女儿。

拯 救

究竟是谁拯救了谁？多年以后，他的脑子里总是在想这个问题。

那时候，他在零公里。这是陕西和河南交界的一个小镇。因为处于金矿滥开采的时期，小小一个镇，从全国各地涌来几十万人。这还不包括南边山上沟沟岔岔、地上地下蚂蚁一样的矿工和偷矿的、做皮肉生意的人群。小镇的旅馆、民房、饭店人满为患，身份鱼龙混杂，各色人等每天都在上演一幕幕话剧，有喜剧，也有悲剧。

那天，他一脚踏进一家街头小饭店，落座后才发现仅有的桌子上早已坐了两个打扮妖艳的女子。这两个女子已经吃好了，面前是两个残汤剩羹的碗筷和盛包子的竹盘。他没在意，叫了一笼包子，一碗稀饭，一碟小菜。低头吃饭的时候，耳朵却没闲着，从周围断断续续涌进耳杂的消息，他知道同桌的这两个女子吃的是白食、霸王餐。正在和老板僵持着。吃完饭，抬起头，他喊来老板结账。掏出一百元，他说，我们三人的，够吗？老板点头哈腰，够，够，还要找给你呢！他说，不用了。转身出了饭店。他听到身后那两个女子喊他，大哥，请留步。他没停，直接上山了。

　　几年后的一个春天，在河南豫灵，他和他的兄弟走进一家旅馆，登记好房间。给他们开门送水的女子明眸皓齿，是很清秀的一个女子。女子走进房间，抬头看到他，一愣，眼里是惊喜。女子问他，大哥，你还认识我吗？他看了看女子，摇摇头。女子下了楼，一会儿，和另外一个女子敲开了他的门。两个女子虽然衣着朴素，但干净清爽，不施粉黛的脸面更透出一种清纯。走进门，后进来的女子把他从头上看到脚下，点点头，趴到先一个女子耳边说，不会错，就是他。先一个女子开口说，大哥，我们不会认错的，就是你。几年前，你是不是在零公里一家饭馆给两个女子开了饭钱？他努力在脑海里回忆，终于想到了几年前那件小事。他说，其实也没有什么。我听到周围人的议论，也从你们的口音里听出是我们洛南乡党。再说了，一顿饭又要不了多少钱啊？后来的女子说，大哥你不知道，我们当时口袋里装的有钱。有钱？这回轮到他惊讶了。有钱，穿得那么妖艳，却在饭馆遭人奚落？看着他眼里的疑惑，先来的女子说，不瞒你说，我和妹妹当时在零公里做那种事，没事的时候，妹妹就和我抬杠，说这世上就没有好人，我相信这世上还有好人。每天晚上我们都争论不休。说实话，我已经这样了，我不希望我的妹妹也和我一样在一条道上走到黑。那天早上，我们俩打赌，如果那天早上，没有人给我们付饭钱，妹妹就赢，我不再劝她，如果有人给我们付了饭钱，妹妹就离开这个行业，找个好老公，好好过日子。从早上8点到11点，饭店老板和我们吵得都没力气吵了，就是没有一个人给我们付不到20元的饭钱。就在我们都坚持不下去时，你走了进来，坐在了

一条自由飞翔的鱼

我们的饭桌上……他哦了一声，很吃惊地看着两姊妹。后来的女子继续说，大哥，就因为你不为报答的那顿饭钱，我和我姐离开了那个行业，来到豫灵这个小镇开了家小饭馆。后来，我遇到了现在的男朋友，就是这家旅馆的老板。这就是我们的家。对面那个小饭馆就是我姐的，他也遇到一个很帅的小伙，就要结婚了。

他看了看半躺在床上的兄弟，说，真是想不到啊！

姐妹俩非要请他和他的兄弟下去吃饭。饭后回到房间不到一个小时，敲门声响起，开门，两姐妹一前一后进来，手里提着购物袋。掏出来，是一件黑呢子大衣，敞领，仄袖，挺时尚的。小女子掏出来的是一件七匹狼格子衬衫，一条墨绿色领带。他一下子受宠若惊，在女子把大衣披在他身上给他试衣时，竟然不自觉地忸怩起来。

回到家，妻子看到他穿得一表人才，竟然第一次赞美他，这次好有眼光。他开始疏远那些弟兄，和妻子在洛南老家安分守己地开一家服装店。

只有他自己知道，他并不是一个好人。在零公里那次，他是在山上偷矿的贼；在豫灵遇到两个女子时，他其实是和兄弟踩点，准备抢劫那家旅馆的。

究竟是谁拯救了谁？多年以后，他的脑子里总是在想这个问题。

老张同志

到这时候，我们才意识到，老张没有身份证，更没见他打过电话，他的消失就和他编排的故事一样虚无缥缈，不留一点痕迹。

高个，长条脸，平头；天蓝色夹克，洗白的牛仔裤，白色运动鞋。这个人站在我面前，就一个印象：瘦。那时候，我正忙着上网聊天。他从我电脑旁的桌子上拿起一串钥匙，说，你忙吧，我自己开。我说，你知道？他说，301，我来了一直住那个房子。

这人下来时，我还在聊天。不经意地问一声，有身份证吗？他说，熟人，就没登记过，叫我老张同志就行了。我心里就笑，同志？已经很陌生的称谓了。

老张同志掏出钱夹，棕色，里边有一沓百元大钞。他抽出一张给我，说，五天房钱。说完这句话，老张同志就出门了，丢过来一句话，我出去吃饭啊。给你捎点啥？我说，不了，我吃过了。

棉花下来了，把空暖水瓶放下，冲我说，老张来了？我说，是。你们认识？棉花说，岂止认识？老同志了。老同志？还党组织呢。棉花也笑了，说，你老婆在这儿值班时，我们常在一起挑红四呢。老张有钱，也仗义。棉花出门没一会儿，小红就来了。小红来了就问，刘来了没？我说，还没有。正说着，门口有车子声响，小红说，来了。刘就推着她那辆除了铃不响啥都响的破自行车进了院子。小红和刘上了三楼，就听小红高声喊，老板，老张来了？我说，来了。你们都认识？小红说，老张同志嘛，我们都认识。我又喊，你咋知道他来了？小红喊，他的标志服在那挂着。我喊，啥标志服？小红喊，矿山服嘛。我后来出门上厕所时，看到三楼晾衣绳上挂着老张的天蓝色夹克，后背似乎印着某矿业公司。

没事的时候，我们就在三楼晒太阳。棉花、老张、我、小红和刘就在一起打牌。刘挖苦棉花舍不得花钱，说，你老婆在外都让人糟蹋成啥了，你给谁省钱哩。棉花就傻傻地笑，我不弄喔事。没本事呢。小红就说，老张同志，我不要钱，你办不？老张说，打牌行，办喔事不行。正说着话，有男人上楼了，小红和刘站起来，说，和谁去？那人说，冷。把人都冷的硬不起来，小红和刘同时说，电褥子插着哩。男人就和刘进了房子。小红看了老张说，走，我贴钱。老张站起来，说，走。挽了小红的腰，刚走两步，丢了小红，怪怪地笑，我对喔事不感兴趣。小红就说，你究竟是男人不是男人？老张说，不是男人。

更多的时候，我们一边打牌，一边听老张讲故事。从老张的故事里知道老张还真是个同志哩，党员，护矿队员，技术骨干。老张说，他现在是休工伤假呢。我们就都羡慕老张的工资高，还有他的两个老婆，四个孩子。老张就喊冤，啥两个老婆啊，头一个老婆离婚了，一个孩子还跟了人家。我们就说，离婚了没嫁人还不是你的？老张就得意地笑。孩子都是我的。话说回来，孩子多，负担就重。老张有生财的门道，隔三岔五的，老张就出门几天，旅馆费照旧给我开，回来就是一大把钱。老张说，给人家修机器去了，四天五千块，管吃管住。棉花就说，还是有技术好，看看人家老张同志，四天五千块。

我卖了一个月棉花还没挣到五千块哩。小红说，我也没有挣到五千块。刘就说，我差六百五千块。

老张不但能挣钱，人还仗义。棉花住的房子因为常年住，每天只掏十元钱，老张同样的房子，每天是二十元。老张的房钱从来不欠账，那天忘记开了，第二天就一次开三天的，说，省得第二天又忘记了。一次女儿放假，我们做火锅，我让老张捎买包红九九，老张回来就提了大包小包。什么生菜、木耳、丸子……我很不好意思，说，老张，就在这儿吃吧。他说，我已经吃过了。

大女儿订婚，需要带根的艾。大冬天里，这东西很难找。老张知道了，说，包在我身上。第二天早上，他一脚的泥回来，手里拿着几株艾，根部的泥很新鲜的黑。老张说，我给朋友说了，不论想啥办法都要弄到这东西。我拿出一包烟递给老张，说，你吃烟，就拿着。他说，你客气啥。能帮到的忙。

棉花也说，老张这人真的不错，我脚上穿的这双鞋就是老张给的呢。那是一双康踏运动鞋。我说，名牌呢。棉花说，就是的。老张上街回来，拿了一个电热锅，一床蚕丝被，说，摸奖摸的。小红就说，你要被子干啥啊？又不回家。老张说，给你吧。随手就给了小红。刘说，你又不做饭。老张说，给你吧。电热锅就到了刘的手里。

我们都说，老张同志就是活菩萨。我甚至把老张讲的故事——说是有一年在零公里，他在小饭店碰到两个穿着暴露的女子，吃了饭没有饭钱，满饭店的人都在作践她们，他听口音是洛南老乡，就替她们付了饭前，几年后那两个女子找到他，以身相许他却坐怀不乱，后来女子给他买了高档衣服，爱人看到衣服倒夸他有眼光——添油加醋杜撰成小说，发表在知名杂志。老张看了，哈哈一笑。说，假的。

那天早上，老张下来，拉了他的拉杆箱。说，我上永丰啊。说好的，三台机器要修，还有一台新的需要组装。八千块。管吃管住。我一个礼拜就搞定。老张说着话，掏出50元钱给我。那是前几天手头紧，从我这儿借的。我说，先不急，等你回来了给。他说，拿着。我说，急啥？你现在手头紧。老张没再坚持，转身走了。老张走后没多久，棉花回来。棉花上楼没几分钟就喊，老板，快上来。我上楼。棉花说，他放在床底下的两千多元钱没有了。我说，你走时没拉门？他说，拉了，没锁。我说，不可能吧。他说，真的。我这才说，那是谁？昨晚楼上没住人，就你和老张啊。他说，老张呢？我说刚走。棉花说，瞎了。老张知道我刚卖了棉花有钱。我说，真的？棉花说，我昨晚还和他说来，他还见我钱来。正说着，小红上来了，小红说，老张还借了我100元的。

到这时候，我们才意识到，老张没有身份证，更没见他打过电话，他的消失就和他编排的故事一样虚无缥缈，不留一点痕迹。

项　链

第二天，小城传出一个不幸的消息：邮电局家属丁书瑶悬梁自尽了。

丁书瑶是小城公认的美女，只可惜嫁给了一个小职员。她丈夫是小城邮电局的收件员，个子不高，一米六五的样子，戴一副黑边眼镜，抬头看人的时候，眼镜就架在鼻梁上，露出的眼睛深深地凹进去，很恐怖的模样。丁书瑶原来谈了一个朋友，只是户口在农村，最后被做小生意的父亲否决了。

丁书瑶虽然心有不甘，但……也罢了，毕竟，丈夫端着国家饭碗，自己也成了邮电局的家属，在邮电局门口经营一家报刊亭。最让丁书瑶耿耿于怀的是于曼丽脖颈上那串金黄的项链。于曼丽是邮电局投寄员的妻子，个子没有丁书瑶高，还胖，丁书瑶有次故意和她站一起，发现于曼丽也没有她皮肤白。丁书瑶不止一次想象，那条金色的项链戴在自己修长白皙的脖颈上该是怎样的惊艳？

都是邮电局职工家属，于曼丽凭啥就有金项链，丁书瑶却没有？这是丁书瑶想了大半年都没有想明白的事。有一天，丁书瑶在临睡前，终于把这个疑惑抛给了丈夫。丈夫讪讪一笑，和于曼丽比啊？她有个好公公，我们没有。丁书瑶才知道，于曼丽的公公原来就是他们局里的老领导。丁书瑶叹口气，说，俺就不是穿金戴银的命。丈夫用手揽了丁书瑶的腰，说，让你受委屈了。以前结婚买不起项链，现在还是。从今天起，我们两人每个月攒 50 元，到明年春天，一定给你买一条漂亮的项链。

这年冬天，丁书瑶没有添置一件棉衣，甚至连一条围巾也没有买。丁书瑶的纸巾也降了两块钱的标准。低她半头的丈夫戒绝吸了十年的烟，滴酒不沾。他们的生活开始进入履行节约的时期，一切都为项链服务。有几次，看到丈夫黑瘦的身子，丁书瑶有点心疼，打算放弃那个项链梦了。丈夫拍拍瘪进去的肚子很夸张地说，男子汉大丈夫，说不抽就不抽，说不喝就不喝。为了老婆和项链，虽死在所不辞。丁书瑶笑着的眼睛里噙满了泪水。

第二年春天，丁书瑶就买回了一挂6.5克的纯金项链。小城新开了一家金店，价格最优惠时达到每克80元。丁书瑶和丈夫拿了辛辛苦苦攒的680元进了金店。丁书瑶一眼就看到她朝思暮想的项链。项链拿到手，丈夫说，难得价格适中，再给你买只戒指。丁书瑶不要。丁书瑶拉了丈夫出门，直奔男帅西服专卖店，给丈夫挑了一身合体的西装。丈夫说，让你委屈了十年。丁书瑶说，委屈啥？我们现在不是啥都有了。丁书瑶戴上项链，穿上碎花连衣裙，在老式穿衣镜前转了一个圈，看着镜中的自己，脸盘子是瘦了，可脖颈还是那么修长和白净。

说实话，为了这条项链，丁书瑶结婚三年，都没有要孩子。现在，当一切美好的愿望都已经实现，丁书瑶开始筹划未来，她要和丈夫生一个漂亮的女儿，个子和她一样高，心性和丈夫一样好的女儿。

这一天，是一个难得的无风无雨晴好的礼拜天，丁书瑶让丈夫经管书报亭，自己收拾了洗漱用品和换洗衣服去小城唯一的澡堂子洗澡。1987年，小城只有木材公司有一家洗澡堂子，平常供内部职工洗澡，只有礼拜天半天对外开放。那时候，洗澡的人也不多，相比女人，男人几乎没有洗澡的。天热的时候，男人都去五六里外的洛河扑腾。

丁书瑶提了换洗衣服走进洗澡堂子时，被一个抢劫犯看到了。抢劫犯此时还不是抢劫犯，是木材公司临时看大门的。抢劫犯看到丁书瑶脖颈上的金项链，就想到快要订婚的女朋友那张扭曲的脸。女朋友说，没有三金就别想着把我娶进门。抢劫犯当时想，我趁她脱光洗澡时冲进去抢了金项链就跑，她光了身子肯定不会追出来。

抢劫犯为了自己的聪明才智暗暗得意。丁书瑶刚刚在喷头下淋湿身子，就觉脖子一疼，差点背过气去，在一惊的刹那，她忽然意识到了什么，低头一看，项链不见了。丁书瑶想都没有想，就追了出去。丁书瑶追出澡堂子，看见前面院子有一个小伙子在拼了命地跑，丁书瑶就拼了命地去追。出了木材公司，就是北背街，拐过十字路口，进入解放路，路上的行人开始多起来，丁书瑶看见很多人都站住了，就是没有人帮忙拦住抢劫犯，更多的人在朝她这儿看。丁书瑶也管不了那么多，一边跑，一边大声喊：放下项链！放下项链！我就是追到天边也要把你追上。还别说，丁书瑶上学时就是长跑冠军，追那个抢劫犯还真有一拼。抢劫犯回头看到疯了一样的丁书瑶，终于把手往后一甩，丁书瑶的项链躺在了丁书瑶的脚下。丁书瑶在弯下腰拣起项链时才看到她原来是赤身裸体⋯⋯

第二天，小城传出一个不幸的消息：邮电局家属丁书瑶悬梁自尽了。

素 描

等那个男人走到袁冰的身边，一声"好"字喊出，袁冰才从画作里惊醒。抬头看男人，男人正用欣赏的目光看着袁冰笔下的人物，眼里流露出惊讶、赞赏的神情。男人看罢，用手拍了袁冰的肩膀，说，有才气，有潜力。那边阿宝也走过来，说，周伯伯，袁冰是我们学校的大画家呢。

一条自由飞翔的鱼

　　袁冰差 5 分没有考入州城中学，只好去西关中学就读。按说，袁冰是可以上州城中学的，州城中学有一条不成文的规则，那就是考生分数达不到录取线，只要交 5000 元的借读费就可以入学。州城中学是这个地区唯一的省级重点中学，每年中考后，都有相当一部分学生是掏钱上的这个学校。在家长的眼里，上了州城中学就相当于一只脚踏进了大学的校门。

　　袁冰没有上州城中学，是心甘情愿的。袁冰知道，家在距州城百十里的姚沟，老实巴交的父母一没有门路，二没有足够的钱给他交额外的费用。况且，这不是百十块钱的事，是拿千千说话哩。

　　和袁冰做同桌的是阿宝，阿宝说，这世界就是怪，可以进州城中学的进不了，不想进的却能进去。袁冰就问，你说这话啥意思？阿宝就说，有感而发而已。比如你，如果进了州城中学，那就是前途不可限量。而我，如果进了州城中学那简直就是浪费资源。话说到这儿，袁冰才知道，阿宝就住在州城中学，只是阿宝的成绩太差，虽然他可以进州城中学就读，可阿宝硬是拒绝了父母的劝诫，学校的好意，放弃了州城中学，进入和州城中学隔城相望的西关中学。

　　袁冰就替阿宝惋惜，说，这就是老天爷的不公。凭什么成绩还不如你的都进了州城中学？阿宝说，各人有各人的处事原则，勉强不得。只是我倒替你可惜。

　　一转眼，袁冰和阿宝做同桌已一个学期了，在这一个学期里，袁冰和阿宝成了无话不说的好朋友。秋天的一个双休日，阿宝去了袁冰南山里的家游玩。在溪流和松林里，阿宝高兴得像个孩子，袁冰不时挖一段草根，摘一个野果，递给阿宝，说，剥了皮，尝尝。

在阿宝疑惑的目光里，袁冰鼓励他，吃吧，很好吃的。说着自己先咬下一段，或者吞进一口。很甜蜜的样子。阿宝就如法炮制，吃得津津有味。山里的树，树上的鸟，鸟上的蓝天和白云都成了阿宝手机里的风景。回来的时候，阿宝甚至用进山时喝空的矿泉水瓶子装了好几瓶从山崖缝隙里流出的清泉。阿宝说，这才是名副其实的矿泉水啊。

正月里的一天，快开学了，阿宝终于把袁冰邀请到了自己的家。之前好多次，阿宝邀请袁冰去他家玩，袁冰都婉言谢绝。说实话，袁冰每看到一次州城中学，就伤心一回，这已经不是心理上的反应，而是一种生理上的条件反射了。5分之差的自责，没有交钱进州城中学的可怜可悲，见到成绩不如自己而在州城中学就读同学的自卑，这一切，都成了阻碍袁冰去阿宝家游玩的理由。但是，当友谊在这一切面前宣布就要失去时，袁冰还是和老同学，老朋友一起来到了坐落在州城中学西南一隅的同学的家。

进门，同学的父母都不在。正欲一探究竟，门吱呀一声开了。走进门的是一个中年男人，很普通的那种男人，短发，圆脸，淡眉，下巴上有才刮过两三天的胡须。男人进了门，就问，吴老师不在家吗？阿宝正好从卫生间出来，喊声，周伯伯，你找我爸啊。被喊做周伯伯的人说，不在？阿宝说，我回家就没见我爸，又说，我给你打电话问问。周伯伯说，不用，也没啥事，就是寻他杀一盘。周伯伯说完这句话，就问起阿宝的学习情况。这时候，袁冰坐在一边，发现这个男人的眼光很有特色，幽深的眼睛里有一股深藏不露的魅力，很男人的那种坚毅和果断。袁冰从身边包里拿一张素描纸，抓起碳素笔，唰唰画了起来。这时候，袁冰的心里和眼里已经没有了阿宝，他的眼睛里只有那个男人和纸上的人物素描。

等那个男人走到袁冰的身边，一声"好"字喊出，袁冰才从画作里惊醒。抬头看男人，男人正用欣赏的目光看着袁冰笔下的人物，眼里流露出惊讶、赞赏的神情。男人看罢，用手拍了袁冰的肩膀，说，有才气，有潜力。那边阿宝也走过来，说，周伯伯，袁冰是我们学校的大画家呢。

周伯伯就问，袁冰当初中考时考了多少分。阿宝说，差5分的，只是没有5000块钱，才上了西关中学。周伯伯就说，你愿意到州城中学上学吗？如果愿意，明天就可以来办手续。袁冰一时没有反应过来，就张大了惊异的眼光看着阿宝，看着周伯伯。周伯伯说，你考虑吧，两天时间。这张素描送给我好吗？袁冰点点头，说不出一句话。

周伯伯走出门，阿宝才说，袁冰，你知道那人是谁吗？他就是州城中学校长周博通。

红　颜

不管咋说，扬子还是做了袁冰的女朋友。见面的第一句话，扬子就说，袁冰，你是我爸爸的得意门生。先说好，我爸喜欢你，并不代表我也喜欢你。袁冰说，喜不喜欢不是嘴说了算，是要问我们的心。

　　袁冰大学毕业，他的女朋友叫扬子，是恩师的女儿。

　　扬子本来谈了个对象，是她高中时的同学海子。海子没有考上大学，就在扬子上大一那年的冬天，海子去了西藏，当了一名光荣的人民子弟兵。也就是那年的春节，扬子的父母知道了扬子的秘密。那个叫海子的军人用最原始的、也是最有浪漫情调的鸿雁传书方式给扬子发来一封部队信封装的情书。在这个鹅黄色信封的背面，诗人海子写了一首诗——

　　从此，再不提起过去

　　痛苦或幸福

　　生不带来

　　死不带去

　　当我痛苦地站在你面前

　　你不能说我一无所有，

　　你不能说我两手空空

　　这封信是扬子的爸爸从楼下的信箱里拿到的。当做父亲的大大咧咧把这封信放到客厅的茶几上时，恰巧做母亲的从厨房走出来，拿起这封信前后一看，脸色就变了。老陈，这封信有问题。老陈是扬子的爸爸。扬子的妈妈当年是扬子爸爸的学生，结婚前叫扬子爸爸陈老师，结婚后就喊老陈。老陈抬起头，眼镜挂在鼻梁上，咋了？哪儿不对劲？小杨。小杨就是扬子的妈妈。小杨说，扬子有男朋友了。老陈哦了一声，继续坐在沙发上看他的中国当代国画大系。小杨说，这个男朋友不能谈。老陈这才抬起头。小杨拢了拢头上有点乱的头发，说，扬子谈的男朋友是个当兵的。老陈继续哦了一声。

一条自由飞翔的鱼

　　那天晚上，老陈和小杨把扬子喊到客厅，电视关闭，灯光尽量开到橘黄，整个房间充满一种温暖的氛围。老陈先开口，扬子，你上大学了，谈恋爱我们不干涉，只是，只是……小杨用眼睛看了看老陈，接过话说，你爸不好说，我说，我和你爸的意思，你上的是名牌大学，以你的成绩，大学毕业肯定要考研，然后读硕士、博士……所以，所以不能把自己早早就草率地嫁了。扬子看看爸爸，爸爸正拿了一张报纸在看，但扬子感觉到爸爸是眼睛在报纸上，耳朵一刻也没有离开妈妈和她的对话。扬子看着妈妈的眼睛说，妈，我知道你们要说什么。不就是看海子是个高中都没有毕业的农民工的儿子吗，我上了大学，就和他门不当户不对了？

　　不管咋说，扬子还是做了袁冰的女朋友。见面的第一句话，扬子就说，袁冰，你是我爸爸的得意门生。先说好，我爸喜欢你，并不代表我也喜欢你。袁冰说，喜不喜欢不是嘴说了算，是要问我们的心。那时候，袁冰已经是学院小有名气的画家了。扬子呢，正在攻读她的高等物理。袁冰知道扬子的初恋，是恩师告诉他的，恩师说，要加油哦。袁冰就很认真地做这门叫作恋爱的功课。不经意间，他会送给扬子一张沉思默想的素描；冷不丁的，他会把冒着热气的便当送到正在图书馆里查资料的扬子手中；更多时候，扬子在步出校门时，就会看见袁冰笑吟吟地张开手臂向她走来。老实说，袁冰长得高大帅气，很阳光的样子。扬子身边的闺蜜都特羡慕，私下里扭住扬子的小蛮腰，老实交代，把那个高大帅办了没有？扬子抬手就是一巴掌，去去去，把他交给你办去。

　　毕业的时候，老陈说，扬子的工作可以先放一放，先安排袁冰的工作。袁冰家在秦岭深处，如果安排不好，就有回山里的可能。如果那样，老陈看好的一桩好事就会很快泡汤。在老陈的多方努力下，袁冰终于进入省城博物馆工作。扬子也在第二年的春天进入市八十三中做了一名高级教师。

一切已经水到渠成，眼看着到了国庆节，就是袁冰和扬子的大喜日子。袁冰在文化气氛很浓的博物馆里，正踌躇满志的计划未来，三年后，在城市中心的广场上，或者护城河的林荫小径，一定会有一家三口欢快的笑声。就在国庆长假进入倒计时，袁冰拉了扬子看了好几家婚纱摄影店后的某一天，扬子突然失踪了。

扬子从这个世界上，准确地说，是从袁冰的世界里消失了。袁冰隐隐约约知道扬子的去处。但当他看到一夜白发的恩师和脸上黯然失色的师母时，袁冰一句话都没有说。袁冰收拾了他简单的行李，递上一纸辞职书，像一粒沙子，慢慢地、慢慢地淹没在这个城市的沙漠里。

名　人

仓颉书画院前，一个老者，捻了胡须，点点头，又摇摇头。书画院后边，翠竹满山，早春的天空下，绿云萦绕，阳光明媚。袁冰快步走向老者，两双手紧紧握在一起。

没有人能够撞开袁冰的心门。

一条自由飞翔的鱼

　　整整十年，袁冰蜗居在这个城市一条叫粉巷的一间十余平方米的低矮房间。一张硬板木床，一张陈旧的阔面木桌，此外就是一把崴了一条腿的藤椅。陪伴着袁冰的是一把土色茶壶和一只褐色烟斗。满屋子的笔墨纸砚，乱成一道无法言说的风景。

　　最先走进这个斗室的是恩师陈教授。陈教授进屋看看床上、地上、桌上的乱纸，看看墙角垃圾桶里揉乱的残画，耷拉在椅子上的灰色西服，西服衣袖边被烟灰烧成的洞……陈教授的心就和这个房间的陈设一样乱乱的，糟糟的。陈教授拍了一下袁冰的肩膀，说，何必呢？天外有天，人上有人啊。袁冰没有说话，只是泡了一壶茶给恩师端过来。陈教授呷了一口茶，悠悠叹一口气，我是费了好大工夫才找到你这儿。是我们陈家对不住你呀。袁冰说，陈教授，请您不要这样说。我、我不怪扬子的。这一切都是我的命。

　　这时候，有一个三轮车夫走进来，搬进几个用胶带封好的纸箱子。陈教授说，这是我半辈子收藏的书画精品，现在我退休了，我把它都送给你，也算是我们陈家对你的补偿吧。再说，在我心目中，你一直都是我最优秀的门生，中国书画界应该有你的位置。

　　袁冰一下子握住陈教授的手，半天说不出话来。陈教授拍拍他的肩，抽出手，转身出门。等袁冰反应过来，陈教授已经蹬蹬蹬地下楼了。

　　后来走进这个房间的是袁冰的姐姐。这个从秦岭深处走来的女人，一身素衣，满月般的脸上不施一点脂粉。进门就哭出了声，冰啊，你是要妈大的命啊！咱们家就你一个男娃，妈大勒紧裤带供你上大学，就是要你光宗耀祖呢，要你传宗接代哩，你倒好，为了一个城里女子，家也不回了，婚也不结了，你是成心要把妈大气死啊！

袁冰扶姐姐坐下，同样给姐姐倒了一杯水。姐姐说，大和妈说了，这十年为你也没少操心，自从那个女人离开你后，给你对象说了没一火车也有一汽车了，你就是个闷葫芦一言不发，如今耽搁到三十多岁，你不急爸妈都急死了。袁冰还是一句话都不说。姐姐最后撂下一句话，年底再不结婚就不要回来认妈大了，妈大一辈子也没有你这个儿子。

是啊，袁冰何尝不知道自己已经是个三十多岁的男人了。只是，自从恩师的女儿扬子从他的世界里消失，他的心就死了。他觉得再也不能在扬子父亲给他找的单位工作了，然后就不管不顾地愤而辞职，隐居到这条浓浓书卷气的巷子。老实说，不论扬子对他的感情如何，袁冰是真的喜欢扬子。随着接触时间的越来越长，他和扬子之间的感情也越来越深。有几次，他都感觉到扬子对他也动了真情。可是、可是，究竟是哪个环节出了问题，就在他们已经谈婚论嫁时，扬子忽然从他的世界里消失得无影无踪？袁冰找到这个十平方米房子后，衣服、鞋子都没有脱就窝在床上，浑浑噩噩躺了几天几夜。当他在某一天醒来，中午的阳光正透过窗帘的缝隙照在他僵硬的脸上。袁冰用干枯的双手从额头抹下，感觉嘴边的胡子像野草一样疯长，双手过处，密密麻麻的胡须在灰暗的房子里簌簌作响。看到地上横七竖八的酒瓶，他知道，大醉之后，从此，他将与酒绝缘。

就这样，一壶茶，一斗烟，陪伴着他走过了整整十个年头。这十年，他心如止水，书是他的衣、画就是他的食。除了笔墨纸砚，他没有一个朋友和亲人。不，是他已经远离了朋友和亲人。

姐姐走出门的一刹那，袁冰忽然蹲下身子，抱头痛哭，压抑的、野狼一样的痛哭。痛哭之后，他站起来，仰天长啸，他的凄厉的笑声比哭还要让人难受。哭过，笑过，袁冰拉开窗帘，十年来，这是他第一次拉开窗帘，在阳光的照耀下，他在对面大楼的玻璃幕墙上看到一个黑瘦的、胡须盈尺的男人。

这年春节，袁冰领着一个小个子女人回到了秦岭深处的老家。袁冰跪在父母膝下，重重地磕了三个头。据说，这个小个子女人只有初中文化，在粉巷一家书画店打工。

与此同时，州城书画界疯传着一个神话——著名书画大师，第三届中国秦岭生态旅游节书画大赛金奖得主袁冰先生返乡省亲，近日将在中国仓颉书画院举办画展，并应邀举办书画讲座。

仓颉书画院前，一个老者，捻了胡须，点点头，又摇摇头。书画院后边，翠竹满山，早春的天空下，绿云萦绕，阳光明媚。袁冰快步走向老者，两双手紧紧握在一起。

你是官不是民

郑少秋手里握着 420 元，一时怔在那里。在一瞬间，他都不知道身处何处了。

雅安地震的时候，郑少秋正和爱人坐在门前的台阶上。对面门市部的人都坐在外边说闲话。忽然，郑少秋坐的椅子动了一下，紧接着又猛烈的动了一下，郑少秋身子一歪，嗔怪爱人，你咋了？好好坐着动啥哩！爱人反过来说，谁动来？我正要说你呢……话没落地，就有人喊叫，地震了。抬头就看见对面房上的大棚呼剌剌地响。只一瞬间，一切又恢复平静。

一个小时后，卖鞋底的刘师傅就从屋里站出来，很大声的宣告，四川又地震了……7.0级……雅安……雅安在哪？距汶川远不远？

接下来的日子，雅安就一时成名，电视里，网络上，手机中，雅安、雅安，后来就具体到芦山。但更多的词汇仍然是雅安。祈福雅安，挺起雅安。48小时内、72小时内，从国家最高层到社会最底层，人们的目光都聚焦雅安，人们的口里都念说着雅安。

对于郑少秋来说，雅安地震更能牵动他的心。郑少秋的老家在汶川，那年汶川地震，郑少秋的父母双亡，唯一的姐姐也在那次地震中不幸遇难。地震后，郑少秋举目无亲，他是被郑义夫妇领养的。那年秋天，他就在这座北方的小城上了高中，后来他考取了省城一所著名大学，大学毕业后，又顺利考取公务员，现在在小城某局上班。

郑少秋的爱人是郑少秋的高中同学，也是汶川地震后被领养的孤儿。虽然爱人没有工作，但爱人是他六年热恋的女友，也是他唯一不能忘记汶川那片热土、不能忘记父母姐姐亲情的纽带。再说了，因为同是汶川人，他们的生活习性和思考问题也趋于相同。

礼拜一上班，单位门前贴出一张募捐信，号召全大楼工作人员给雅安地震灾区捐款。郑少秋想都没有想，就掏出钱夹，钱夹里有500元现金，那是准备下班后给爱人买生日礼物的。已经说了很长时间，今年的生日，一定给爱人买那个品牌的裙子。去年就因为价格问题一直犹豫，终于没买，在两个人的心里却落下一块心病。现在，

一条自由飞翔的鱼

当郑少秋把500元钱交到捐款箱前的工作人员手里时，他把手插进裤兜，手指碰触到一张硬硬的纸，抽出来，是一张20元面额的崭新人民币。郑少秋一同递过去，说，都捐了吧，身上就这点钱。工作人员拿了郑少秋的钱，却迟迟没有放进募捐箱，也没有低头在捐款簿上登记姓名。郑少秋知道，这是历次募捐的规则，每次募捐后，这座大楼，也就是政府大楼前的一面墙上，必会出现一张大红的光荣榜，上面列出捐款人的大名和捐款数目。郑少秋不管这些，转身走了，去上班。在郑少秋看来，捐款本来是自愿的，多少都可以，奉献一份爱心罢了，没必要造册登记张榜公布的。

快下班时，科长来找郑少秋。科长手里拿着420元。科长说，郑少秋，你是钱多得烧手哩是不？郑少秋不解地望着科长。科长把420元钱放到郑少秋的办公桌上，拿着。出风头也不是这时候出的。郑少秋还是不明白。科长，这钱？科长说，装什么装？这是你早上的捐款多出来的。科员都是100元。郑少秋这才明白过来，捐款啊。我当时身上正好有这点钱就都捐了。再说，我们汶川当年地震，还不是全国人民有钱出钱，有物捐物才渡过灾难的。科长说，你还有点嫩。科长说完这句话，转身走出门去。

郑少秋手里拿着420元钱，好像火碳在手，灼热的、滚烫的、不安的感觉一齐涌上来。郑少秋给爱人打了一个电话，说我把给你买裙子的钱捐献给雅安灾区了，裙子明年买吧。爱人在那头说，好啊。裙子明年穿，雅安灾区需要钱，你就捐吧。郑少秋知道，每一个从灾区走出来的人，心灵都经过了血与火的洗礼。郑少秋再次把420元钱交到募捐工作人员手上时，工作人员说，"少秋，你咋恁死心眼呢。没见领导才捐 500 元嘛，你咋能超过领导呢。再说，明天政府机关出榜，总不能把你的名字排到第一吧，总不能让你骑到领导头上吧？"工作人员这话说得有点调侃，接下来说"按照历年的潜规则，主要领导就那几个人，每人捐 500 元，副职捐 200 元，你没见部局级领导才捐 100 元嘛。这些部局级领导，哪一个出来没有你的钱多，是他们拿不出来吗，是他们不想捐多吗？不是，是他们不敢。这个潜规则谁也没胆量破坏。"正说着话，有人过来，拿出一沓伟人钞要捐。工作人员在点钞机里过了，是 1000 元。等那人走了，郑少秋就问，那人咋就捐了 1000 元？工作人员抬起头，说，"你是官，他是民。这你都不懂？"

郑少秋手里握着 420 元，一时怔在那里。在一瞬间，他都不知道身处何处了。

再死一回也行

海怪说，把你写成土匪那是你家的事，我不管。他总没把你写死啊。我活得好好的，把我写死了，晦气。这不是咒我死哩嘛。

父亲来电话的时候，我正在距家几千公里的城市领奖。自我介绍下，我是一个小小说作家，不好意思，小作家，走出去都不敢在人前炫耀的作家。那些写长篇、中篇、短篇小说的作者都不屑一顾的作家。正如《青春期》里那个动画导演说的，动画导演也是导演啊，

一条自由飞翔的鱼

我这个小小说作家也是作家，不管别人咋样看。而且，我这个小作家同样获了大奖。

我握了手机，走到门外，才听到父亲说，海子，你闯下大祸了。我说，咋了？父亲在那头说，海怪找我呢！又说，不是，是找你呢！我问，谁？找我干啥哩？父亲说，三句两句也说不清，你回来了先回老家，这事不小哩。

会议是第二天下午结束的。我坐火车，坐汽车，搭三轮车回到老家时，已经是第三天的傍晚了。一进门，父亲就火烧火燎地说，不得了，海怪凶得很，你咋把他写死了？我丈二和尚摸不着头脑，说，大，你慢慢说。我自己倒了一杯水，坐在堂屋的小凳子上，父亲蹲在地下，从后脑勺抽出一尺长的古铜色烟锅，撮了一撮旱烟沫子伸到火塘里点燃，这才说，前两天，海怪怒气冲冲来找他，手里拿着一本书，啪地摔到他面前，看看，你娃子做的好事。我父亲问，咋了？海怪说，你不会自己看嘛。我父亲说，你明知道我不识字，你是看叔笑话哩。海怪说，你娃子在书里把我写死了。父亲说到这里，我才想起来，是有一篇写海怪的小说。这是一组呜哇村风情系列小小说，里边涉及的乡里乡亲人物多了。当然了，小说嘛，都是生活的真实加上艺术的虚构。我记得写海怪那篇，因为海怪这个人本身的传奇性，虚构的成分很少，只是在小说的结尾，为了艺术上的感染力和这个故事本身的逻辑因素，我让主人公海怪走向了另一个世界，并且走得很惨烈。海怪拿的那本书，应该是我首部结集出版的小小说集。我这次获奖的作品，也正是这篇写海怪的小小说。集子出版后，我所在的县城反响并不大，令我没有想到的是，在我的老家，这个距县城百十里的小山沟，因为这本小说，我倒成了方圆几十里的名人。呜哇村邬海子写书哩，是作家哩。一传十，十传百，最后竟传成邬海子都写了十几本书了，那书都在省城大书店卖哩。更有在外收破烂的老乡说，那一次，他在长安城里收破烂，看到主人拿着一本书看，他拿眼睛一睄，看书上的照片是我，再仔细一看名字也是我的，就对那人说，你看的书是我兄弟写的。那人就很惊讶，接下来是不信任的表情。收破烂的就说，你不信是不？我不看书就知道他叫啥姓啥，今年多大，家住哪。说完就如数家珍说了我的基本情况，就连上小学时穿开裆裤，上错女生厕所的事都抖搂出去了。那个看书的人立马站起来，握了收破烂的手说，幸会！幸会！握毕，忽然想到收破烂的毕竟不是书的作者，就很尴尬地甩甩手，说，真为你高兴啊，作者的老乡。知道吗？我是他的超级粉丝。一捆报纸、两捆书刊一分钱没要，还让收破烂的在那本书上写上邬海子老乡的字样。

父亲说，海怪来的时候，我还说，我娃子把我都写成土匪了，我就是土匪啊？海怪说，把你写成土匪那是你家的事，我不管。他总没把你写死啊。我活得好好的，把我写死了，晦气。这不是咒我死哩嘛。父亲说，海怪昨天还来找我，说，不找到海子，不说个解释，这事放不下。

我说，大，天大的事都能解决。没事，我回来了你就不用管了。睡吧。

我是被海怪的吵闹声惊醒的。睁开眼，一缕阳光透过窗棂照在我的脸上。一路颠簸，身累心更累，一躺下就睡死过去。我在父亲和海怪的解释里走出来。海怪看到我，脸色一变，说，兄弟，你回

一条自由飞翔的鱼

来了？我说，回来了。

我掏出一支烟递给海怪，啥事情？高声和低声说一样。

海怪接过烟，点上。也没得啥大事情。兄弟，你写书是好事情，也给咱村里人长了脸。你看你书里把村里人都写得恁好，没发家的发家了，没当官的都当官了，更有那耍钱的轱辘子都成了致富能手，把死人都能写活，咋就把我一个大活人写死了？

把你不写死我这篇小小说就获不了奖。这句话我是在心里说的，我嘴上没敢说。我嘴上是这样说的，兄弟，人死不能复生。再说，小说已经发表了，就是现在改过来，不让你死，也只能是另一本书里的事了。是这，兄弟今天陪你好好喝一场酒，给你赔个罪，你就多担待兄弟一点吧。我知道海怪唯一的嗜好就是喝酒。

打开从获奖城市捎回的古井特曲，我说，专门捎了几瓶好酒和兄弟喝哩，兄弟一定要给个面子，不醉不休。海怪说，好！还是我兄弟知道我。和海怪开怀畅饮。三杯酒下肚，海怪就成了弥勒佛。海怪走时，我又送了他两瓶酒。海怪说，兄……兄弟……有……有酒喝……你就让兄……兄弟再死一回也……也行。

醉美人

老丁端起美女面前的半杯酒，递到美女手中说，我让美女半杯。一饮而尽，老丁又把自己和美女的两个杯子斟满，说，酒不单行，再喝一杯。美女站起，端起酒杯一饮而尽，老丁愣了一下，也一饮而尽。

2011 年，我有幸作为评委代表应邀出席"交通杯"全国小小说大赛颁奖会。会址在天府之国的安岳。安岳地处四川和重庆交界处，是驰名中外的柠檬之乡。

会议结束的那天下午，安岳作家王提议，我们去聚个餐吧，平常都在网上联系，能聚到一起不容易。网名执子之手，X 县作协主席举手赞成。一行人呼噜噜出了安岳宾馆，打两辆出租车一路出城，眼看出了县城，道路仄起来，房屋矮下来，正惊异间，车子"嘘"地停在一座低矮的简易房前。抬头，见门前挂一牌匾"安岳烧鸡公"。朋友说，这才是正宗的安岳菜馆啊。

十个人，刚好一桌。这一桌子人，外地人就我和来自北京的张，还有在北京工作，家在重庆的姚。重庆和四川本来就是一家子，后来分家了，就成了兄弟关系。所以姚和四川朋友是兄弟，在网上呢，又和我们称兄道弟，在这里，他就成了我们这些外地人和四川朋友之间的翻译和润滑剂。另一个人是河北的，我记不得他的名字了，可故事恰恰就是在他身上发生的，我们姑且称呼他老丁吧。

我的左边是北京张，出版策划人，也是我书的出版人，这次见了，很意外也很高兴。张是湖南人，也和我一样听不大懂四川话，我们俩就互相提醒，互相翻译。张是个低调的人，和我一样，喝酒随意。张左边是一个美女，标准的美女，不是那种是女人就称呼为美女的人。这女人外表高挑美丽，洁净的面部没有那些浓妆艳抹，但却更显天然靓丽。一举手，一投足，尽显优雅。前面提到的老丁坐在我们的对面。筵席开始后，就是喝酒。四川的朋友喝酒有一个好处，那就是不黏酒。每人面前一次性杯子倒满，碰杯举起，喝酒随意。

一条自由飞翔的鱼

酒过三巡，老丁忽然把酒杯伸到美女面前，要和美女碰杯。美女看了老丁一眼，轻启樱桃小口，说，我不喝酒。老丁急了，说，看不起我啊，刚才看到你喝酒了的。是的，我们碰杯的时候，美女是端了酒杯，浅尝即止。美女仍然说，我不喝酒。一桌子的人都看过来，我右边的执子之手把眼睛都瞪直了，但没有一个人说话。老丁也是我们这个圈子的文友，在网络上我们都打得热火。再说，初次见面，作为东道主，谁也不好拂了他的面子。美女看了看我身边的执子之手，转过脸，冲老丁伸出一个指头，点点头。

老丁端起美女面前的半杯酒，递到美女手中说，我让美女半杯。一饮而尽，老丁又把自己和美女的两个杯子斟满，说，酒不单行，再喝一杯。美女站起，端起酒杯一饮而尽，老丁愣了一下，也一饮而尽。老丁这次放下酒杯，把自己和美女的杯子斟满，没有说一句话，正要坐下，美女端起酒杯，冲老丁说，酒过三巡，第三杯酒还没有喝，您怎么就坐下了？老丁只好站起来端起酒杯。美女一饮而尽，老丁喝得勉强。老丁喝过酒，也不说话，坐下吃了一口菜。这次是美女斟满了两个杯子，面不改色心不跳，递到老丁手里，老丁看看杯子，看看美女，问，你不是说喝一杯吗？美女说，不是。老丁说，喝一两？美女说，不是。老丁再问，喝一瓶？美女说，我是说一直喝。美女说完这句话，端起酒杯，一饮而尽。老丁看得目瞪口呆。这时候，执子之手说话了，老丁，你不是对手哇。

接下来，东道主轮流打通关。会划拳的划拳，不会划拳的打老虎杠子。啥都不会的人应关就泯一下酒。当然了，能喝酒的就一口干掉。我身边的执子之手应关后，又开始打通关，酒就喝得有点多。

美女和我商量调换座位。说，照顾执子之手。我们都担心美女已经喝了那么多的酒，能行吗？美女冲我们笑笑，粉面桃花。

一圈通关下来，美女替执子之手挡了五个酒。五大杯，足足有半斤酒。执子之手满面歉意，轻轻说，何必呢？美女嫣然一笑，我愿意。

那边老丁喝高了，红脸大汉。看到美女替执子之手挡酒，就醉醺醺走过来，大声说，男子汉大丈夫让女人挡酒，没出息。执子之手要说话被美女挡住了。美女端起酒杯，挡在老丁面前，说，老丁，敢不敢再喝三杯？老丁说，喝就喝，大男人还怕你小女人不成。两杯酒下肚，老丁出溜一下就坐到桌子底下了。一桌子的人都喊，快扶起来，扶起来。

美女端起酒杯，把第三杯酒一饮而尽。

摄像头

邮电小区被盗案破获后，苏眠和林丽的婚姻也走到了尽头。两个人客客气气的办理了离婚手续。接下来，林丽委托给她办理离婚手续的律师重新帮她打一场官司。光头被林丽告上了法庭。

邮电小区被盗，接手这个案子的是派出所的副所长苏眠。

苏眠的老丈人是邮局老员工了，十年前退休，苏眠和林丽结婚时，苏眠才分到派出所，工资不高，家还在农村，根本没有能力在城里买房。苏眠唯一的优点是有个一米八六的大个头。林丽喜欢，林丽的母亲也喜欢。结婚时，林丽母亲说，就接到我们家吧。反正我们家林华还小。林华是林丽的弟弟，当时才上小学六年级。苏眠的家就落户在邮电小区了。

小区被盗案发时，林华已经大学毕业。老爷子倾其所有，外加内亲外戚的帮助、苏眠出的两万块钱，给儿子在小城新区买了三室两厅。儿子也孝顺，接了老爷子同住。老爷子对林丽说，现在房价涨了，邮电小区这套房最少值七八万，苏眠出两万，这套房子就给苏眠了。邮电小区是20世纪90年代单位盖的家属楼，有黑又矮。外墙是灰色米石贴就，不像现在的瓷砖明光闪亮。有几处外墙墙皮都剥落了，远看着就像一个老人穿了一件破衣服。最要命的是住房面积小，加上公摊面积还不到六十个平方。有能耐的人都把房改后的家属楼卖了，然后添钱去买商品楼。苏眠不敢想。苏眠和林丽生活了十几年，工资涨了，开销也大了。一个女儿上学，乡下两个老人有个头疼脑热，大病小灾的都是花钱的路。林丽常常当着苏眠的面说，后悔死了！当初看你的高个子，那知道高个子不能当钱使啊！

不管咋说，苏眠能在小城有一套住房，都是沾了老婆的光。当派出所副所长的苏眠在外总觉得高人一等，说话盛气凌人，回到家里，面对在邮局捡信封的老婆却是低眉顺眼，上得厅堂也下得厨房。

被盗的是西单元二楼住户。这套房是买的二手房，房主在市场做生意。从银行取了钱准备去西安进货，老家忽然来电话有事，回家一趟，想着晚上就能回来，谁知事情耽搁，回来已是晚上十二点多了，床铺底下的六千元现金全部被偷。从作案现场看，门窗完好无损，窃贼应该是从大门进来，然后用万能钥匙轻而易举入室行窃。

这个小区有门房没门卫,原因是六七成住户已经不是邮局家属。邮局也就不再管理这个小区。以前就常常出现盗窃案件,东家丢了手机,西家丢了电视;一楼车子丢了,五楼存折丢了。搞得是人心惶惶。曾有人说,每家出点钱,雇个门卫。说归说,就是没有人出头组织实施。

正在苏眠破案无果,焦头烂额时,住在他楼上的光头来找他。光头是河南人,在小城南边的山里开矿。因为不想在小城住一辈子,就舍不得花大价钱买大房子,临时买一套二手房凑合。苏眠最看不起这些暴发户的嘴脸,开个皮卡,整天嘴上叼支雪茄,腰里别个能装下砖头的皮包,走路眼睛总瞅着天上。苏眠不止一次在心里说,等你落到我手里再说! 光头递一支雪茄给苏眠,苏眠说,我不抽。光头讪讪地抽回手,对苏眠说,听说我们楼上被盗了,有线索了吗?

苏眠说,没线索。又说,你有线索? 眼里是不屑的神情。

光头说,不瞒你说,我在小区大门暗暗装了个摄像头。

摄像头? 苏眠吃了一惊,我怎么没发现?

光头一笑,你看见了就不是'暗暗'安装的了。

苏眠说,你知道在公共场所私安监控器犯法吗?

光头说,不知道。我只知道我们这个小区不安全,也没人管。以前总有人家被盗,小偷小摸住户不报案,损失大一点的报了案也没有结果。你知道,我开矿,家里总会放点东西。那次回老家,在电子器材市场见到这一套监控设备就买回来了。

苏眠也顾不上追究光头的责任。再说,这样的责任也是民不告官不究的事。苏眠对光头说,你在监控器里看到可疑情况了? 光头说,我这几天在山上，刚回来就听说了小区被盗的事。知道你负责就来找你了。还没顾上打开。

苏眠就带了一个民警来到光头的家。

苏眠调出出事那晚的监控，果然发现在 23 时左右，从大门里走进一个穿黑色夹克的男子，鬼鬼祟祟的。苏眠一眼就认出这个人是辖区有名的飞贼，人称无敌手的二毛。就在苏眠紧锁的眉头刚刚舒展开来时，心头却忽然一紧。苏眠在监控里看见林丽和一个矮个子男人一同走进了大门。那个男子苏眠认识，是林丽高中同学，现在是小城数一数二的房地产开发商。

苏眠的头"嗡"的一声大了。

邮电小区被盗案破获后，苏眠和林丽的婚姻也走到了尽头。两个人客客气气的办理了离婚手续。接下来，林丽委托给她办理离婚手续的律师重新帮她打一场官司。光头被林丽告上了法庭。

令人庆幸的是，邮电小区从此再也没有发生过盗窃案件。

喜羊羊与灰太郎

苏敏和办案民警来到宾馆时，苏佩和刘言还在看电视，不过他们看的不是黄色录像，是喜羊羊与灰太狼。苏佩和刘言的房间里，床上、地下是一片狼藉的小食品和盘片。

苏眠接手这个案子时正和妻子林丽闹离婚。苏眠的心情很不好，工作状态也不尽人意。

苏眠的老家处在城乡接合部的苏村。那地方原来有个私企煤矿，村里年轻人多在煤矿打工。后来，煤矿因为出煤量少，又加上出了几起人命事故，老板跑了，煤矿荒废了，千疮百孔的土地种不了庄稼，村子里的年轻人只好出远门，去广州、深圳打工。留守苏村的就是些老弱病残和少年儿童。

案件是这样的，开超市的胡海放在门市部抽屉的 8000 元现金昨晚被盗。胡海的小超市不像洛城的超市那样，玻璃门，电子防盗设施，就是路边普普通通的三间砖瓦房，经营烟酒副食、日用百货。烟没有贵重烟，酒也没有名牌酒。按说，胡海的经营款项从来不在门市部放的，这次失窃的现金是从银行取出，准备第二天进货的，放在另外一个抽屉，晚上关门时忘记了。

犯罪分子的手段很拙劣。木门靠近地脚的地方挖了一个不规则的洞，洞的周围显出黑色，是那种铁器烧红烫出的黑。这个小孔足可以钻进一个人。苏眠试着钻了一下，没有成功，站起身，自嘲地笑笑，太胖了。边上看热闹的人说，瘦子就可以了。可以判断，犯罪嫌疑人一定是从这个挖开的洞里进去的，里边的门杠完好无损。苏眠把怀疑对象锁在二秃子身上。二秃子是苏眠的同龄人，从小就不是个正经人，是那种大法不犯，小法不断，平时没法管，严打抓进来的惯偷。怀疑二秃子，有一个重要原因，就是他的身材瘦小，所谓五短身材说的就是二秃子。

苏眠把他的怀疑说给村主任听。村主任点头。当苏眠和村主任

一条自由飞翔的鱼

来到村西头的二秃子家时，低矮的三间土房子，铁将军把门，看着门面上蜘蛛结的网，村长一拍脑门，你看我这脑子，二秃子年前就和我们家的军军出门了，说是到镇江打工，一直没有回来。听我军军在电话里说，二秃子现在可好了，做了车间的带班哩。

案件一时陷入僵局。苏眠一筹莫展。回到家，女儿正在看电视，是那部"喜羊羊与灰太狼"的动画片。妻子林丽陪在女儿身边边看边给女儿织毛衣。老实说，苏眠不喜欢这部片子，充满了欺诈和钩心斗角。可女儿喜欢，妻子林丽也喜欢。看到苏眠愁眉不展的样子，林丽问，怎么了，又让案件难住了？苏眠本来不想理她的，也许是真的难住了，随口说道，老家出了件偷盗案，三天了，毫无头绪……林丽听了苏眠的话，只说了一句话，那么多钱，总要花啊。苏眠脑子忽然灵光一现。

第二天，苏眠动用了能动用的警力，在苏村及周边地区摸排走访，碰头会上，终于有了收获。洛城一家手机店营业员反映，三天前，有两个孩子在他们那儿买了两部时尚手机，总共花了三千多元。当时她们还咋舌，这么小的孩子，哪来这么多钱买手机？第二天，苏眠打电话叫来了村主任，村主任又打电话叫来了中心校的校长。在营业员的描述里，村主任说，可能是我们村的苏佩和刘言。校长就打电话给学校，让查一下这两个学生的动向。不多时，六年级的王老师骑着摩托风风火火地来了。王老师说，苏佩和刘言三天前就没来学校了。这两个孩子的父母都在外地打工，孩子是校外住宿生。打孩子原来提供的家长电话，一直联系不上。

看来这起案件的嫌疑人肯定是这两个孩子了。苏眠就纳闷，当时在现场，咋就没想到是孩子作案呢。搜查了全洛城的网吧，没有找到苏佩和刘言。正在苏眠焦头烂额时，有个私人宾馆的老板来到派出所，几天前，他们宾馆住进两个男孩子，到现在也没有出门，敲门不开，喊话不应。服务员找了个借口开门进去，见到两个孩子在看黄色录像，所以来反映了。

苏敏和办案民警来到宾馆时，苏佩和刘言还在看电视，不过他们看的不是黄色录像，是喜羊羊与灰太狼。苏佩和刘言的房间里，床上、地下是一片狼藉的小食品和盘片。堆在他们面前的是一台笔记本电脑。

案件终于破了。苏眠却高兴不起来。据苏佩和刘言交代，他们那天晚上上网回到住处，肚子又饿得咕咕叫，到超市本来是要弄点吃的，不想在抽屉发现了那么多钱，就……为什么买手机，苏佩说，给爸爸妈妈打电话啊。刘言说，想爸爸妈妈了，方便联系。几年了，都没有听到爸爸妈妈的声音了。至于笔记本电脑，两个孩子都说，手里一下子有了这么多钱，不知咋花，想起在网吧上网的事，就买了电脑。再说，城里孩子有彩电和电脑看喜羊羊与灰太狼，他们只有听人家议论的份。有了电脑，买了盘片，想看什么就看什么。问，黄色盘片怎么回事，说是买盘片时，老板推荐的。这种盘片老贵呢。老板看到他们手里有钱，就推荐他们买。苏佩和刘言都说，难看的很。还是喜羊羊与灰太狼好看。

案件的处理结果是，由于两个孩子不够法定年龄，警方已督促其父母赔付了被盗现金，并责令其父母对他们严加管教。

这件案件结束后，苏眠再也没有提起和妻子林丽离婚的事。他开始坐在沙发上陪女儿看喜羊羊与灰太狼。妻子林丽手里也没闲着，开始织第二件毛衣，是苏眠的。

生命的密码

站起来的林丽好像失忆一样，再也没有去打麻将，好像她一直就没有这个爱好。当然，苏眠和林丽身上的绿本已经换成了红本。

真应了那句魔咒。七年后的这个秋天，苏眠和林丽的婚姻终于走到了尽头。这是个特殊的日子，七年前的今天，苏眠和林丽在亲戚朋友的祝福声里走进了婚姻的殿堂。那时候，谁也没有想到，走过七年，就要分手。

说好的，今天在一起吃个团圆饭——也不团圆了，为了不影响才上小学的女儿，孩子送到姥姥家了，由姥姥接送。然后就去民政局办理手续。苏眠和林丽在这个事情上没有吵一句嘴——既然不能白头到老，就分开吧。勉强在一起，都不好受。女儿是无辜的，林丽说，她带。她不愿意看到自己的女儿遭受后妈的白眼。苏眠说，你带也好，我还是孩子的爸爸。我会养活孩子的。

说穿了，其实也没有什么。林丽最大的毛病是打麻将，俗称垒长城。而苏眠是个喜欢安静的人，工作之外不打麻将、不跳舞，更不会去 k 歌和浴足那种场合。苏眠甚至连烟酒都不沾。苏眠唯一的爱好就是下班钻进书房，看书、写博客。这样的男人在今天已经是珍稀动物了。两个性格迥异的人生活在一个屋檐下，如果不是天翻地覆的吵闹就是寂寞冬夜的冷战。苏眠和林丽属于后者。

分手吧？分手吧！

从民政局出来，苏眠和林丽各揣了绿本，神情怪怪地走到马路边。现在，苏眠要坐1路车去城东，林丽坐5路车去城西。就在苏眠迈开脚步要去对面的站牌时，林丽忽然走过去，拥抱了苏眠，眠，对不起……苏眠的眼窝一热，拍拍林丽的后背，说，祝你好运。苏眠说完这句话，和林丽分开，抬脚就走了出去。

就在苏眠转身抬脚的一瞬间，一辆小轿车飞驰而来，苏眠惊呆了，一动不动……当苏眠倒下的刹那，一只大鸟飞翔起来，在金色的天空划出一条优美的弧线，重重地跌落在灰色的马路上。

揣着绿本的苏眠静静地坐在医院的陪护房里。洁白的床上躺着脸色同样洁白的林丽。苏眠在惊悸之后爬起来，才知道在小轿车撞上他的一瞬间，林丽冲上来，撞开了他，而林丽娇小的身子却变成了一只飞翔的大鸟。已经是半个月了，林丽还在昏迷中。林丽的头上一点外伤已经痊愈。但她的大脑受到严重撞击。医生说，她可能永远躺在床上醒不来，就是医学上说的植物人。

把林丽接回家后，苏眠开始翻阅大量的有关植物人康复的资料。没有一样有效药物可以医治这种病。唯一的可能是亲属在病人的身边真情呼唤，也许某一天，奇迹就会出现。

苏眠接回了女儿，每天放学和晚上，女儿就在林丽的耳边喊妈妈、妈妈。林丽还是无动于衷。苏眠办了停薪留职，在家管女儿和林丽。每当女儿上学走了，苏眠就爬在林丽身边，一遍一遍地呼唤林丽。在呼唤林丽的日子里，苏眠才感到了以前不曾有过的林丽的好。林丽虽然喜欢打麻将，可每天下班回来，林丽都会做好苏眠喜欢的饭菜等她；林丽虽然喜欢打麻将，可她从来没有耽搁女儿的上学接送。苏眠的衣服、甚至内衣内裤、臭袜子都是林丽洗得香喷喷叠放整齐……苏眠在外边的干净清爽其实都是有一个贤内助啊。想到这儿，苏眠的眼泪就流下来。他用手掌恨恨一抹，说，林丽，我一定要把你唤醒来。

每天晚上，苏眠就在网上查有关植物人苏醒的案例。有一个案例说，用患者最喜欢的人和事呼唤有奇效。文中就是用麻将声唤醒了沉睡三个月的病人。苏眠忽然想到，林丽不是一直喜欢打麻将吗，每次接到电话说三缺一，就很兴奋。苏眠好像发现了新大陆。苏眠找到和林丽打麻将的朋友，说出了自己的想法。这些麻友都很同情林丽，就同意和苏眠配合。麻将桌就放到了林丽的床前，苏眠坐在林丽的身边。搓麻将的哗啦声和苏眠一句一句的"林丽，快，三缺一""林丽，快起来啊，三缺一"的喊声从此就在苏眠的家里长久不衰。

一个月后，林丽奇迹般地站了起来。

站起来的林丽好像失忆一样，再也没有去打麻将，好像她一直就没有这个爱好。当然，苏眠和林丽身上的绿本已经换成了红本。

寻找杨小羊

张振宇那首《不要再来伤害我》唱响时，我看到那个熟悉的电话号码。我摁了"拒接"键。一阵悦耳的铃声响起，我看到这样一条信息。

你是谁？杨小羊在哪里？

我看到寻找杨小羊那张寻人启事时，感兴趣的不是杨小羊这个有点意思的名字，也不是右上角那张漂亮的脸蛋，我感兴趣的是启事倒数第二行那句话——提供线索者有重谢。

我想钱，自从我离家出走后，我满脑子想的都是钱。我想搞到一笔钱，然后远走高飞，去西藏，或者去新疆。我理想的生活应该是这样的——有蓝天，有白云，有一望无际的草原；有一根鞭子，有一群羊，有一片无拘无束的歌声。可我的父母不这样想，他们的想法很简单，很实际，好好上学，然后考上大学！虽然我的成绩一直不那么理想。

我走进移动大厅，办了一张轻松卡。然后，我发了一个短信给寻人启事后边那个电话号码。

我知道杨小羊在那里。我想知道您的'重谢'究竟是多少？

张振宇那首《不要再来伤害我》唱响时，我看到那个熟悉的电话号码。我摁了"拒接"键。一阵悦耳的铃声响起，我看到这样一条信息。

你是谁？杨小羊在哪里？

我只想知道您的'重谢'究竟是多少？这样我才能决定是不是给您提供线索。

你凭什么让我相信你知道杨小羊的消息？

我想了想，我可以给您提供他的声音，他的照片，但您必须付给我足够的钱我才能告诉您！

说吧。要多少？

提供声音两千元，提供照片三千元，见到人五千元。我的要求不高吧？嘿嘿，你要明白，我是帮助您，可不是敲诈勒索啊。

行。我要尽快听到他的声音。

痛快。我的账号是6228482950xxxxxx818

接下来我就要想办法搞到杨小羊的声音了。这简单，我找到了我的铁杆朋友，对他说，对方要听到杨小羊的声音才能付钱。他说，我来安排。在远离城市喧嚣的仙娥湖畔，杨小羊一边用相机不停地对着山对着水对着天空的白云"咔嚓、咔嚓"地拍照，一边说这才是我想过的生活。我的朋友看着杨小羊高兴的样子，说，杨小羊，我真羡慕你也佩服你。这世界上还有几个人像你这样敢作敢为啊？大家都是这样虚伪地活着。杨小羊说，不是有一句广告词这样说吗，我的地盘我做主。我只想活出我自己。

我们录到了杨小羊快乐的笑声和开心的话语。我拨通那个手机号码。听到"喂"的一声，就把杨小羊的声音打开了。

看到我银联卡上的两千元，我开心地笑了。我又给那个号码发了一个短信，照片很简单，您只要把我们谈好的钱打到我的账户上，我就把杨小羊现在的生活照通过彩信发给您。

当我的银联卡上有了一巴掌时，我犹豫了。剩下的五千元钱要还是不要？要，那人就要见到杨小羊才付钱。这一步比搞到杨小羊的声音和发送照片困难多了，也危险多了。弄不好是要穿帮的。想来想去，我还是决定要。铤而走险也得要。

我还是发短信。明天下午一点半，去西藏的火车，第13节车厢，第五个窗口。你将见到杨小羊。别忘了，看到他后，就要给我的卡上打五千元钱的啊。再见了。

那人见到杨小羊的时候，火车已经启动了。杨小羊伸出右手，对那人摇了摇。杨小羊的手摇得很慢，很慢。杨小羊的眼里蓄满了泪水。杨小羊想起暑假里那堆积如山的习题和那人把他关进书房时门锁的"咔嗒"声。杨小羊也想到了因为他和女同学的一次春游那人找到老师给他们的难堪场面。杨小羊又坚决地摇了摇头，摇了摇头。那人的眼里也蓄满了泪水。那人大声喊："杨小羊，你给我回来！"

但杨小羊已经听不见了——是的，我也听不见了。火车载着杨小羊"咔嗒……咔嗒……"地奔向远方。杨小羊只看见那人悲怆的表情定格在九月秋天的阳光下。杨小羊满脑子是广阔的草原和明净的蓝天，还有一大朵一大朵的白云……

这时候，正是暑假结束，学生上学的时间。

一里一里的阳光

　　1983年的阳光，一里一里地照在少年的肩上，少年的肩从此硬硬的。从北方到南方，一里一里的阳光照在他的肩上，少年就成长为一个成功的商人。他常常给他的员工讲这个一里一里的阳光的故事。他说，成功其实很简单——那就是行动！快乐地行动！

　　少年抬起头，太阳正从屋后的山岔岔里蹿上来，红彤彤的脸盘子有奶奶和面的盆那样大。一缕一缕的阳光金灿灿的从那些柏树、松树的缝隙里射出来，照在院坝的石碾上，照在房前屋后的篱笆上。

　　少年眯了眼，望了太阳一眼，义无反顾地扛了屋檐下靠着的那根一丈长，两扎粗的松木橼——那是昨天下午从屋后自留山上放倒的。少年的心里有一个秘密，他没有告诉奶奶，也没有告诉任何人。

　　少年穿一件草绿色军便服，蓝叽咔布裤子，膝盖和屁股上打了四个圆圆的补丁——那是奶奶的杰作。少年的脚上是露出两个大拇脚趾的手工布鞋——那是奶奶在煤油灯下一针一线缝制的。少年的母亲在少年三岁时就离开他去到另一个世界，父亲在百十里外的乡村中学教书，少年和奶奶相依为命。少年肩上那根橼起先并不是很重，那根橼刚刚放到少年肩上时，少年竟然在心里笑了，笑意不易察觉地漾到了嘴唇，我完全能扛动嘛，奶奶也是，竟说我扛不动的。

　　少年走了一里地，过了清冽的小河，柔柔的水从小腿上滑过，感觉像小鱼的嘴啃了一下，痒痒的，很舒服。少年抬头看了一下太阳，太阳离开山顶也一里地了。少年在心里说，太阳公公和我赛跑呢。阳光照在少年的身上，少年的浑身就暖暖的、热热的，少年觉得肩上的椽也热了，也沉了，就把身子往前一倾，随势把椽杵在地下，两手扶了，靠在肩膀上歇了脚。就这样，少年走一里地，就歇一次脚，走一里地，就抬头看一眼太阳，走一里地，阳光就在少年的额头上、脊梁上涂上湿漉漉的汗水。

少年和他的椽终于走到了离家十里的河口。河口是东河和西河的交汇处。两股清凉凉的河水在这儿汇合后又不知疲倦地随山跟蜿蜒向东，翻着波浪流五里地汇入丹江河的支流古月河。河口是山和原的交界。原上的人盖房子要到这儿买檩、买椽；山里人要拿木料换成粮食，就要把椽啊檩啊扛到这儿来卖。这样河口就成了自发的木料市场。少年的椽买主给一块钱。少年在心里算了不知几遍帐，知道这一元钱实现不了他的梦，少年就很沮丧。一个好心的买主对少年说，孩子，你如果再走十里，上了药籽岭，这根椽就能卖到一块两毛钱！少年冲那个人笑了笑，说，叔，你是个好人！

少年咬了咬牙，扛起越来越沉重的椽又上路了。这时候，太阳公公正好爬上头顶，阳光端端正正地从头上泻下来。少年的浑身热，少年的心里却亮。少年走在哗哗流动的河水边，心里也像这小河的流水一样欢快和幸福。

一里一里的阳光，小河感觉到了，金色的阳光在水面上一闪一闪，随着小河向大河、大江、大海奔去；金色的阳光也洒在少年的身上，少年甩开袖子抹了一把脸上的汗，抖落了阳光的珠子。少年又走了十里地，上了药籽岭，少年累得一屁股坐在岭上的石头上，直喘气。少年去农渠里喝饱了黄亮亮带着初夏泥土气息的水。那根橼果然多卖了两毛钱。少年把一块二毛钱攥在手心里，嗷嗷地叫，向着远方的大山。那是喊给奶奶听的。

少年又抬头看了看天。天是那样的蓝，蓝蓝的天上瓢着小绵羊一样的白云。少年这回没看阳光，知道阳光还在他身上取暖。少年不理它，径直去了十五里外的镇上。少年走进供销社，少年走到放着小人书的柜台，少年早想得到《地道战》《地雷战》《平原游击队》《小兵张嘎》等小人书了。少年把钱递给售货员，少年说出了小人书的名字。售货员抱歉地说，刚刚卖完。少年的眼泪就不争气地涌出来。少年说我是扛了一根橼走了三十五里地来买书的。少年的身旁站着一个大姐姐，她的手中正拿着那几本少年梦寐以求的书。少年的眼里就充满惋惜和渴望。那个大姐姐看到少年的眼神，说，小弟弟，这是给我弟弟买的，你先拿着吧。我明天再买。少年说，大姐姐，谢谢你，你可真是个好人呐！

现在，少年的手里还有一角钱，少年走到烧馍炉子前，他要买两个烧饼，那是给奶奶的。

少年走在回家的路上，西斜的阳光一里一里地送着少年往回走。少年的腰杆挺得笔直，像个得胜的将军。少年往前跑了一里地，在路上挖了一个坑，埋了一个圆溜溜的石头，少年喊地雷战开始了；少年从路边折了两根树枝，折得很像手枪，少年很威风的左右开弓，大喊，双枪李向阳来了……

1983年的阳光，一里一里地照在少年的肩上，少年的肩从此硬硬的。从北方到南方，一里一里的阳光照在他的肩上，少年就成长为一个成功的商人。他常常给他的员工讲这个一里一里的阳光的故事。他说，成功其实很简单——那就是行动！快乐地行动！

撵走和撵不走的

必须把这个人撵走！财旺下了最大的决心。敬酒不吃吃罚酒！财旺对多宝说，这件事你来办。给他点厉害，但又不能闯祸。多宝说，我知道。你放心。

财旺下决心要把杨德意撵走，想尽一切办法。

给财旺出主意的是多宝。多宝说，财旺，不把洋洋得意撵走，你这网吧就开不成。多宝说完这句话，颠倒面前的啤酒瓶"咕咚、咕咚"灌了两口。财旺也灌了两口酒，说，咋撵？那个黑不溜秋的老头。多宝说，兵书上不是说先礼后兵嘛，咱也给他来个先礼后兵。

财旺把网吧开到这个距县城80多公里的乡政府所在地，就是看好这个地方有个初级中学。乡医院、信用社、初级中学都在乡里的一条土街上。这里一年就一个集日，在腊月的二十三。平时街上很少有熙熙攘攘的人流。街道两边开了几家服装店、几家杂货店，也是要死不活的样子。唯一有点现代气息的是有一家打字复印部，承揽了乡政府、学校等部门的数据打印、复印业务。财旺是在那年的腊月二十三日逢集时来到这个地方的。财旺在街上转了个圈，就

一条自由飞翔的鱼

看到在这个街上开家网吧绝对赚钱。财旺的表兄就在县城开了个网吧，白天黑夜上网的人都是满满当当。仅仅一年，表兄就赚了个盆溢钵满。

财旺办好了各种手续，在土街租了房，搞装修、拉电脑、挂网线……不到半个月就开张了。财旺的生意确实如他所料，那些学校的学生三五成群地来网吧看稀奇，试探着上网，慢慢地，夜夜有上通宵的学生。土街山高皇帝远，财旺的网吧没有人来管，花花绿绿的票子就不分昼夜地进了财旺的口袋。生意好了，财旺雇了两个辍学的小姑娘坐吧台，自己在网吧门口支一张桌子，撑一顶遮阳伞，安一把椅子，端一壶茶，优哉游哉做起了跷二郎腿的老板。

财旺的桌子上总摆一副象棋，有兴趣的闲人就坐在财旺的对面，不管认识不认识，隔了楚河汉界就厮杀起来。财旺好这一手。来者多败北而走。这天，财旺的对面坐了一个又瘦又矮的老头，脸乌黑，就是那双眼睛像鹰一样犀利。老头只看了财旺一眼，财旺心里就不由打了个寒战。老头也不说话，捉了红子，说一句，你先。财旺说，你是客，你先。老头也不谦让，先走一步。这局棋下了个天翻地覆，从早上到傍晚还分不出胜负。财旺没有想到在这个偏远的土街上还能遇到这样的高人。你是想赢赢不了，想输也输不利索。夜色笼罩，网吧门前的红灯亮起来。财旺喊那两个女服务员的名字，喊了半天，一个也没出来。财旺骂骂咧咧地走进网吧，这才看到整个网吧里一个人也没有。再看吧台后面，那两个女服务员早不见了。

财旺走出网吧，老头已起身离去。远远的路灯光下，老头瘦小的身影在街面上却拉得很是高大。

　　财旺找来了多宝。多宝说我知道为啥了。都是洋洋得意惹的祸。多宝说只需如此如此。

　　财旺听了多宝的话，通过多宝找到老头的熟人，通过熟人约了老头到土街最高档的酒店喝酒。老头走进酒店的时候，看见财旺，眼睛一亮，嘴角露出一丝不易察觉的微笑。老头说，我先上趟厕所。老头再进来时从容多了，敬酒就喝，敬烟就抽。不管桌子上的人说什么话，老头都"唔唔"地答应着——老头的嘴里总有东西在囫囵着。财旺起身去结账，吧台服务生说，有个黑瘦的老头已经结了。

　　财旺面前的桌子上已没有了象棋，但老头还来，还是坐在财旺的对面。老头对财旺说，讨一杯淡茶喝。一杯茶喝淡了，老头就抽烟，很劣质的烟。老头咳嗽的时候，财旺莫名其妙地想起父亲。但财旺想到他网吧没有生意，就恨不得骂这个人是龟孙子。

　　必须把这个人撵走！财旺下了最大的决心。敬酒不吃吃罚酒！财旺对多宝说，这件事你来办。给他点厉害，但又不能闯祸。多宝说，我知道。你放心。

　　第二天，老头拖着一条跛腿还是坐到了财旺的面前。老头看了财旺一眼，鹰一样的眼神。老头说，取棋吧。今天让你输个口服心服！老头说完这句话，又剧烈地咳嗽起来，头上短短的白发在冬日的阳光下剧烈地抖动着。财旺的心里又莫名其妙地痛。他又想起了父亲。

　　财旺转身拿出象棋，说，杨校长，我服了你！下完这盘棋，我就走。连网吧一起走。

姿　势

李老师永远离开了我们，但李老师的姿势却永远矗立在我们的校园里，我们的心里！

上高中那会儿，教我们语文的是一个男老师。四十多岁，个子不高，剑眉，黑脸，说话时左嘴角习惯性地往上翘。我一次见到他对他的印象就不是很好，留着遮耳的长发，穿着花格子衬衣，说话操着醋熘普通话。他左手握拳抵在腰间，右手拿粉笔高高扬起，在黑板上潇洒地写下"李健"两个字，然后一个很漂亮的转身，习惯性地甩了一下头发，说，我叫李健，以后大家叫我李老师就行了。

李老师唯一让我们羡慕的就是他左手握拳抵腰，右手拿粉笔高高扬起，在黑板上潇洒地写下"李健"两个字时那个潇洒的姿势。我们都羡慕他写字的姿势和那两个飘逸的字。这里说的我们是指锦绣、刘霞和我三个女生。因为我们三个个子都矮就坐在第一排，这样就总在李老师大手一挥那个姿势下看他领袖一样的风姿。

李老师这个姿势看得时间长了，我们的眼睛和大脑就产生了疲劳，他那个领袖风姿不再有美感。我们倒觉得他右手抵腰的姿势像极了五六十岁的老头。李老师的课讲得特棒，不论是声情并茂的散文，还是感情真挚的诗歌，抑或是绕口饶舌的古文，在他的口里都是字字玑珠，如行云流水般走进我们干枯的心田。让我们大煞风景的就是他一成不变的姿势。

板书的时候他左手握拳抵腰，右手拿粉笔高高扬起；带领我们朗读课文的时候他左手握拳抵腰，右手把书高高拿起；就连坐在桌前批改作业他也是左手握拳抵腰，右手握笔。有时候我们还看见他的眉宇间不合时宜的蹙起来，有一点点痛苦的表情。我看见锦绣的眼里有了一丝怜惜和不解。刘霞也看见了。刘霞私下里对我说，锦绣爱上刘老师了。我说，胡说！但从此以后，我们三个不再是无话不说的好朋友，我和刘霞成了一派，锦绣被孤立起来。造成这一结果的直接原因是锦绣瞒着我和刘霞给刘老师送了一兜儿她家果园的苹果，真正的熟透了的红富士。

这样的时日不长，李老师就从我们的课堂上消失了。第一个礼拜的语文课我们总是自习，私下里传出来的消息是李老师有事请假了。第二个礼拜李老师还是没有来，代替他给我们上课的是一个年龄大的男老师。因为李老师的课听惯了，他讲课的姿势也看惯了，我们对新老师的课就有了一点抵触情绪，也更加怀念李老师讲课的姿势。我们常常从锦绣的眼里读出更多的不解。第三周，锦绣终于红着眼圈告诉我们，李老师生病住院了。很不好的病。她是多方打听才知道的。我们三个又成了好朋友。那个周日的早上，我们提了香蕉、苹果、酸奶去县医院看望了重病监护室的李老师。近一个月没见，李老师黑了，瘦了，他的眼睛却大了。见到我们，他很吃惊，继而埋怨我们，谁让你们来的？大老远的。年轻、漂亮的师母给我们倒了开水，拿来水果。我和刘霞相视一笑，对锦绣的误会消除了。我们陪李老师说了很多话，也提到了他那一成不变的姿势。李老师苦笑，说，等我这回病好了，一定改变这个姿势。

李老师重新站到讲台上已经是高二的最后学期了。马上就要升入高三，备战高考，我们学生和老师一样紧张，繁忙。李老师真的改变了他的姿势，不再左手握拳抵腰，而是把腰抵在讲桌上，双手撑在桌沿上。他的课依然讲得很精彩，我们班的语文成绩依然在全年级拿第一。

谁也想不到李老师那个我们疲倦了的，厌烦了的姿势成了永远的定格，成了一块丰碑，立在了教学楼前的广场上，也矗立在我们的心里。那是一个中午的语文课上，李老师正在给我们讲王勃的《滕王阁序》，忽然在讲台上打了个趔趄，李老师笑了一下，我们也笑了一下，可紧接着，李老师又打了个趔趄，一扇没有关上的窗子也剧烈地晃动起来。李老师冲全班同学喊，不好了，地震了，快跑！他一个箭步冲到教室门前，拉开紧闭着的门。我们一个一个冲出教室，李老师左手握拳抵腰，右手高高举起撑着随时要倒下来的门框。当最后一个同学从越来越低的门里钻出时，李老师的血肉之躯再也抵不住钢筋水泥的重量，楼房垮塌了。在那场谁也想不到的灾难里，天崩地裂，就在李老师把我们一个个送出教室后，他永远地离开了我们。当救援人员找到李老师时，他的手还死死抓着门框，扳也扳不开。

李老师永远离开了我们，但李老师的姿势却永远矗立在我们的校园里，我们的心里！

爱拼才会赢

惠萍是在一个阳光很好的日子去看守所的。惠萍见到大宝时，大宝惊讶地睁大了眼睛。怎么是你？惠萍说，还记得你唱的那首歌吗？说着就轻轻哼唱起来："一时失志不免怨叹，一时落魄不免胆寒。那通失去希望，每日醉茫茫，无魂有体亲像稻草人。人生可比是海上的波浪，有时起有时落。好运歹运，总嘛要照起工来行。三分天注定，七分靠打拼，爱拼才会赢！"

惠萍第一次见到大宝是在朋友的生日聚会上。金色广场的歌厅里，大宝一曲《爱拼才会赢》让惠萍听得如醉如痴，泪流满面。那时候，正是惠萍人生处于低谷时期。高考失利，那些学费高的民办学校父母出不起钱，惠萍也不想去。走出校门，一下子面对鱼龙混杂的社会，惠萍像一只无头苍蝇，乱冲乱撞一阵，终于败下阵来。

"一时失志不免怨叹，一时落魄不免胆寒。那通失去希望，每日醉茫茫，无魂有体亲像稻草人。人生可比是海上的波浪，有时起有时落。好运歹运，总嘛要照起工来行。三分天注定，七分靠打拼，爱拼才会赢！"

大宝唱得很投入，故意咬字不清，加上始终紧闭着眼睛，下巴抬得很高，头部夸张地左右摇摆，很有港台歌星任贤齐的味儿。惠萍一边看着大宝唱歌，一边不自觉地拍起了手，一下一下地，更像

一条自由飞翔的鱼

打着节拍。坐在惠萍边上的南岸就说，惠萍，你怎么了，该不是看上那小子了吧？惠萍没有一点反应，还是痴痴地听他的歌，打他的节拍。南岸就用双手去捂了惠萍的眼睛。惠萍这才反应过来，喊，南岸，你怎么了？南岸说，我还要问你怎么了呢？说，是不是看上唱歌那小子了？

惠萍说，去你的。

说着话，大宝已经坐在惠萍对面的沙发上，举起面前的啤酒一饮而尽。很男人的样子。南岸伸出手，和大宝握了握，说，认识一下，我叫南岸。这位是我女朋友，叫惠萍，听你的歌都流泪了。惠萍伸手给了南岸一拳，谁说的？大宝说，是吗？又仔细看了惠萍一眼，我叫大宝。很俗气的一个名字。

自从那晚听了大宝唱的《爱拼才会赢》，惠萍拒绝了南岸挽留的臂膀，只身一人去了广东打工。惠萍先是在一家电子厂上班，后来又去了一家鞋厂，期间因为超长时间的加班，惠萍几乎坚持不住了。可每次当她就要打退堂鼓时，大宝的"三分天注定，七分靠打拼，爱拼才会赢！"的歌声总在她耳边响起。咬咬牙，惠萍还是坚持了下来。最后，惠萍在一家玩具厂从业务员做到了销售部经理，年薪十几万。

那年，惠萍回到小城。下车的第一时间就给大宝打电话，打不通。再给南岸打电话，通了，说，谁啊？惠萍说，是我。惠萍。那头就压低了声，你在哪？惠萍说，我在车站。那边刚说，你等着……就听话筒里传来，又给哪个婊子打电话啊？一个很恶毒的女人声音。惠萍挂断电话，茫然地走在熟悉而又陌生的街道上。几年没回来，物是人非。她奇怪，手机里存的号码咋就打不通了？

惠萍的后背突然被人拍了一下，回过头，看到南岸坏坏地笑。惠萍说，怎么，这么快就"妻管严"了？南岸做了个很不自然的表情，女人嘛，都是那样。这不，一听到女王大驾光临，小的就马不停蹄赶来了。惠萍说你就贫吧。还是街角那个小而干净的冷饮店。南岸告诉惠萍，大宝春天就进了看守所，听说可能要判几年。惠萍变脸失色，怎么了？怎么会是这样？南岸说，还记得大宝唱那首《爱拼才会赢》吗？大宝是确实爱拼了。拼出了一个工程队，拼出了好几个工程，最后却在工程质量上跌倒了。

惠萍是在一个阳光很好的日子去看守所的。惠萍见到大宝时，大宝惊讶地睁大了眼睛。怎么是你？惠萍说，还记得你唱的那首歌吗？说着就轻轻哼唱起来："一时失志不免怨叹，一时落魄不免胆寒。那通失去希望，每日醉茫茫，无魂有体亲像稻草人。人生可比是海上的波浪，有时起有时落。好运歹运，总嘛要照起工来行。三分天注定，七分靠打拼，爱拼才会赢！"

这一次，泪流满面的是大宝。惠萍说，大宝，你知道吗？那次你在 KTV 唱这首歌时，我也像你今天一样泪流满面。也是从你的歌声里我才找到希望。这么多年来，是这首歌支撑我一路走下来。大宝说，谢谢你来看我。我在外边时，高朋满座，我进来后，就没有一个朋友了。惠萍说，大宝，是人，都会犯错。记住这次教训。爱拼才会赢，要拼得有良心啊。

大宝后来才知道，惠萍在探视日志"关系"栏上填的是"恋人"。

苏盛的冰箱

苏盛睁开眼，原来是在梦中说话。就自嘲地笑笑。说，明天真要去买冰箱了。妻子说，买吧！看你放啥？

苏盛买的商品楼在城关粮站的后院。130多个平方，客厅很大，比他原来的房子整个面积还要多出10个平方。装修的时候，朋友说，客厅要简约、大气、不俗。苏盛的客厅就很雅致：一张能坐三个人的仿红木沙发正对了电视墙。面前是一个宽大的玻璃茶几，茶几的两个顶端是同样的仿红木单人沙发。电视墙是古朴的石材做的，下面是三十四英寸的液晶电视。电视的右边是立式饮水机。左边墙角本来是要买个冰箱放的。妻子说，买那没用。住在县城，要吃啥就能买下啥，都是新鲜的，苏盛就没有买。

按说，这是再平常不过的事了，可苏盛却为冰箱的事烦恼着。

搬家的时候，亲戚朋友都来祝贺。来到客厅的人啧啧称赞过后，都望着那个空着的墙角说，那地方放个冰箱就好了。有人就说，那就是给冰箱留的地方啊。苏盛解释，本来要买的，爱人说没用就没有买。

这事说过就过去了。苏盛也没往心里去。到了秋天，天气转凉，再也没人提冰箱的事了。一天，苏盛上中学的好朋友黎明来到苏盛的家，坐在客厅里，吃了烟，喝了茶，说了一些无关疼痒的话，黎明突然转换了话题，苏盛，天气转凉了，我那儿的冰箱处理，按进价给你，拉一台吧！

苏盛就呆住了，一时倒没有了言语。

黎明见苏盛这样，尴尬地打着哈哈出门走了。

过春节的时候，苏盛把父母从乡下接来，一家子热热闹闹地过了一个团圆年。父亲爱看电视，除过吃饭时间就坐在沙发上看《还珠格格》。八岁的孙女红红总喜欢偎在爷爷的怀里撒娇。看着看着，爷爷就问孙女，电视旁边空那么大的地方放啥啊？看着空落落的。

红红说，我爸准备买冰箱的，我妈不让买。

做爷爷的脸色就很不好看。私下里给老伴说，苏盛让媳妇给管住了，买个冰箱都不让买。还指望他以后孝敬咱们啊！

老伴叹一口气，说，现在这孩子，唉，都是……

这话正好就让苏盛听到了，心里就不是滋味。晚上睡在床上把父母的话一五一十说给媳妇听，说，还是买一个吧。管它有用没有用。

妻子说，你也太没主见了。自己的事自己做主。有用就买没用就不买，管别人说啥。

苏盛想想妻子说的也有道理，就不勉强。

到了第二年初夏，苏盛当了副局，专管城镇建设。整天忙的不落屋。爱人就给他说，你现在重权在握，可要头脑清醒啊。我是教师，工资也不低，咱就一个女儿，钱也够花，不要贪心，到时落下个坏名声，我母女也要跟上你受罪了。

苏盛说，你把我看成啥人了？

城区仓圣大道要扩建，招标前，就有个外号叫"黑头"的包工

一条自由飞翔的鱼

头来到苏盛的家里。黑头不说工程，就是坐在苏盛的客厅里抽烟、喝酒、和苏盛套近乎。苏盛呢，人家一不说工程，二不送礼，也不好赶人家走。只好有一搭没一搭地和他糟蹋时间。临走了，"黑头"忽然说，苏局，我看你屋里啥也不缺，赶明儿，我给你把电视机左边的空填起来吧！

苏盛说，哪儿的话。我是故意留的。

到了第二天，单位就有人议论，苏局没买冰箱是有用意的啊！更有人说，听说，昨天有人看见了，有人给苏局家抬了一个很大的冰箱呢。是海尔还是阿里斯顿？反正是最好的。最名牌的。

这话不知咋就传到苏盛的爱人耳朵里了。晚上枕头边就问苏盛是咋回事？苏盛说，没有的事！爱人说，无风不起浪，你给我小心点。

那天上班刚走进办公室，局长就跟进来了。局长问，小苏，听说你买了名牌冰箱，啥牌子啊？

苏盛说，局长也开玩笑了。我没买冰箱啊！

局长宽容地笑了笑，小事一桩，以后注意一点就是了。

苏盛说，局长，我真的没买冰箱。也没人给我买冰箱！

局长说，我说有人给你买冰箱了吗？

苏盛更加语无伦次了。

回到家，苏盛给妻子说，拿钱来，我要买冰箱！妻子说，你有病啊！现在是几点？

苏盛睁开眼，原来是在梦中说话。就自嘲地笑笑。说，明天真要去买冰箱了。妻子说，买吧！看你放啥？

你别管！苏盛的语气硬硬的。

夏天里，苏盛电视机柜的左侧终于放上了一台银色的立式冰箱。

官　司

我后来才知道，官司了结后，我三叔和满堂走在回家的路上，我三叔呸了一声，说，你能，就甭让步嘛？满堂一听，让你是孙子！我一分钱没少拿。

三叔来到我这儿时，是一个秋天的中午。当时我正在接梅英的电话。在三叔声泪俱下的叙述里，我挂断了电话。

三叔还是穿着他那件黑呢子大衣，袖口已经磨破了，前襟和领口也没有了细绒和光泽，下摆还沾了从山坡上带来的老婆针，零星的褐色泥点。我知道，那些泥点一定是过洛河时溅上去的。这是三叔上城的标志性着装。三叔的第一句话是，鸿，你要给叔做主哩！人家已经爬到你叔头上了。你爸不在了，叔就你一个亲人了，遇事就要寻你哩。你一定要给叔出气啊！

我给三叔发了烟，倒了水，好不容易稳定了他的情绪，说，三叔，啥事？慢慢说。我民哥不是在家吗？三叔啐了一口，你民哥还是人啊？整个一个木头，光知道和人家动手。动脑子的事还要找你呢！你知道满堂吧，就是和你叔我房连基，地挨畔的满堂。我插嘴说，我知道，我满叔嘛。狗屁满叔！我才是你亲叔。满堂，我的新房庄基和他一棵柿树挨着，要剁他一条树股好说瞎说都不让剁。你知道，那根树股不剁，我的房就盖不成。墙砌到那个树股时，我越看越生气，就叫民把那个树股剁了。满堂和我打起来了，你民哥那笨猪一镢头就把满堂送到医院了。

啊？人要紧不？

三叔喝了一口水，说，那都是去年的事了。

我说，过去了也就过去了，花点钱买个教训，让我民哥以后做事小心点。

三叔说，哪过去了啊？满堂把我告了，告到永丰法庭上了。我说，是啊，人家的住院费你要出。三叔说，这我知道，可他要的护理费、误工费我不出。他婆娘伺候他男人咋还要我出钱？误工费一天六十块，那不是讹人哩嘛！就他那怂样一天还六十哩，六块都没得。整天就在房前屋后闲转呢。三叔又说，你知道满堂有个外甥女吧，听说在城里帮人打官司哩，告你三叔的状子就是她写的。狗日的满堂，就显摆他城里有人，我城里也有人哩，我侄子还是城里跺跺脚楼房都晃三晃的人物哩！鸿，你可要给三叔做主哇！多余的钱叔一分都不给他。

我说，叔，你放心。我一定帮你问问。

三叔走后那晚，我和梅英、郑武他们在知心聚喝茶。喝着喝着，就说到了我三叔的事。梅英说，这个事我知道，你知道我姨夫是谁吗？就是满堂。去年春天，我姨夫找到我，让我给他写状子。我姨夫说了事情大概，我劝姨夫，乡里相亲的，赔了医疗费就算了。再说，你要是把你那个树股剁了不就没事了吗？农村人盖个房不容易。

我姨夫说，是他不仁在先，我不义在后。原来我姨夫盖房时，房子后边紧挨着你三叔的自留坡，东边就一米，你三叔就是不给，房子只好盖个一头沉。我姨夫新房盖起了，心里却一直有个疙瘩。

哦。

这时候，郑武插话了。还真巧了。这个案子是我接手的。

我和梅英不约而同地问，你什么时候调到永丰了？郑武说，去年春天刚调到永丰就接手这个案子。当时还惊讶于这么个小案子，状子咋就写得这么漂亮，原来是我们的梅大律师写的。梅英说，去你的。快说说这个案子。郑武说，刚接手，我想着这是一个再简单不过的案子，农村嘛，三代以内都是扯不断的亲戚，把双方叫来，调解一下就结了。谁知道这个官司打了近两年还是没有结果。我问，咋了？郑武说，简单地说就是500块钱的事。一个非要500块——大宗赔偿都谈妥了——一个死活都不出。官司从去年打到现在，刚开始两人骑自行车来，现在是坐通村公交来。光去年到今年二人打官司花的闲钱都不止500哩。

第二天，我专程回了一趟老家。我的明光锃亮的车子一进村，我三叔的脸上就绽放出一朵花。走路也有了精神。饭后，我进了满堂的新屋。满堂一句话没说，瞪着敌意的眼睛。我说，满堂叔，都不让我坐了？满堂丢下一个字，坐！我说，吃饭没？满堂说，有话就说，有屁就放。我知道你是给你三叔做主来了。我不怕。一个子都不能少。这不是钱的事，人争一口气，树活一张皮哩。

我说，叔，咋先不说那事。先给我倒一碗水。满堂喊灶屋的婆娘倒了一碗水端来放到堂屋的方桌上。我喝了一口，甜甜的——放了糖。我喊，婶，你把我没当外人嘛。我给满堂递上一支烟，一屁股坐在方桌边的长条凳子上。满堂顿了顿，也在那头坐下来。我说，满堂叔，冤家宜解不宜结，再说，又是扯不断的关系。是这，我私下里给你300块，我再给我三叔说，让他明里给你200块。这事就结了。咋样？满堂脸上颜色一变，说，念你娃一片好心，行。这事就这样了。

我回到城里的第二天晚上，三叔给我打电话，三叔一开口就骂我，鸿，你个混蛋，你以为三叔没有那500块钱啊？头都磕了还在乎作个揖？叔是咽不下这口气啊！

我后来才知道，官司了结后，我三叔和满堂走在回家的路上，我三叔呸了一声，说，你能，就甭让步嘛？满堂一听，让你是孙子！我一分钱没少拿。三叔回到村里，才从别人嘴里知道他少出的300块钱是我出了。

丁大夫

找丁大夫看病的人多是上了年纪的病人，有城里的，也有乡下的。有穿着鲜亮的，也有穿的邋遢的。有人脸上写着穷困潦倒，有人显出财大气粗。丁大夫一律一视同仁，脸上平静得如湖面上的水，波澜不惊。

丁大夫退休后，泰和医院聘请他，开出的工资是每个月5000元，丁大夫没有去。第二天，泰和董事长亲自登门拜访，承诺年薪10万。

丁大夫还是没有答应。后来,县医院返聘,月工资加上他的退休金正好和他退休前的收入持平,他却去了。老伴就笑他,连小学一年级的算术都不会算了。丁大夫说,人就合个脾气,我在县医院干了多半辈子,和它有了感情啊。再说,病人到了县医院,找不到丁大夫,该是一件多么遗憾的事啊。

丁大夫返聘到县医院,在门诊二楼坐诊,是医院唯一的专家挂号门诊。这个共和国同龄的医院是这个县里最老、医疗技术最好的公办医院。丁大夫当年从西安学医归来,一头扎进县医院,一干就是大半辈子。在这大半辈子时间里,县长换了多少任,老百姓不知道,但老百姓知道,县医院有个丁大夫。医院考虑到丁大夫年龄大了,身体吃不消,安排他二、四、六值班,只是上午时间。丁大夫说,算了吧,还是每天值班,要不,大老远从乡下赶来的病人找不到我,就是我的罪过了。医院就规定,专家门诊每天只挂号40位。

丁大夫看病,不像那些年轻医生,先问患者什么症状,然后大笔一挥,去做各种检查,等拿来检查结果,再开处方。丁大夫的胸前总是挂着听诊器,他会撩起病人的衣服在胸前这儿听听,那儿按按,还不时问,这儿疼不? 那儿疼不? 然后翻开病人的眼皮看看,最后伸手搭脉。丁大夫开出的处方也不是那些年轻医生写的,患者根本看不懂。丁大夫写的是中文名,末了,他还会在某些药方前用笔做个记号,说,这些药到医院外边买,便宜。

有一个患者,也许是春节连续几天喝酒的诱因,大年初五晚上出现偏瘫现象,初六就住院治疗。到了正月二十一,整整住了十六天,花了七八千元,病情不但没有好转,还加重了。患者也是位退休干部,这天就偷偷拿了自己的化验单子，CT片子、医生处方找到了丁大夫。丁大夫仔细看了，半天没说话。患者就问，严重吗？丁大夫说，贵药不治病啊！丁大夫看过医生开的处方，都是提成药。就知道现在的医生心都黑了，但又不能对患者明说。丁大夫说，也没有啥大不了的，别害怕。信得过我，就不要住院了，我给你开点药试试。患者当天就办了出院手续。丁大夫给开了几付中药，又建议患者每天去中医医院针灸。丁大夫说，在治疗的同时，每天早晚去体育场走十圈，先慢走，等身体走热了，再加快步伐。量力而行，适可而止。适可而止啊。只半月，患者就恢复如初了。患者私下里问丁大夫身边的助理，想给丁大夫送点礼物，助理说，您就别给丁大夫添麻烦了，他总是把推不掉的礼物拿去小卖部换成副食再送到病房，给那些农村来的病人。

找丁大夫看病的人多是上了年纪的病人，有城里的，也有乡下的。有穿着鲜亮的，也有穿的邋遢的。有人脸上写着穷困潦倒，有人显出财大气粗。丁大夫一律一视同仁，脸上平静得如湖面上的水，波澜不惊。

丁大夫面前的台历边，是一个钉座，病人的挂号单按先来后到顺序插在上面。丁大夫处理好一个患者，就从最底下抽出一张挂号单。诊室里的长条椅上坐着等候的人，大家都很安静。忽然，从外面进来三个男人，一个梳着明光锃亮大背头，一个腋下夹着皮包，还有一个臂上搭一件大衣。夹皮包的男人把手里的挂号单递给丁大夫，丁大夫头也没抬，那人就尴尬的把挂号单放到丁大夫手边。丁大夫随手把那张挂号单插到钉座上，继续给病人号脉。这个病人处理好，丁大夫还是从最底下抽出一张挂号单，是一个农村来的妇女，衣衫不整，蓬头垢面的。那个夹皮包的男人就说，丁大夫，我给您介绍一下，这个是咱县电力局的王局长……丁大夫一边给那位妇女听诊，一边扬起右手，往下按了按，说，坐、坐。一会就到。到这儿来的都是病人。呵呵。

诊室里一下子静得能听到人的呼吸声。

那一年，县医院出事了，院长被判了十四年，科室以上全部调查，光一个科室一个主治大夫，一年里就退出回扣 60 万。整个事件里，只有丁大夫一身轻，继续他的悬壶济世事业。在当年的政协会上，主持人请丁大夫就此事发表看法。丁大夫说，种瓜得瓜，种豆得豆哇。

人人都能做领导

领导说，你看，我还是领导吗？领导说完这句话，吆了牛羊上山，把吴子旭一个人孤零零地仍在院坝里。

领导是在那个暖冬走进吴子旭的家的。领导坐着黑色轿车，从黄沙岭南边去北边上任。随同领导一起赴任的是一个司机。领导一直住在大城市，很少见到满山红绿相间的树叶，树叶之上湛蓝的天空和那棉花垛一样的白云。领导对司机说，开慢点，开慢点。轿车就像一只黑色的蜗牛，在盘山公路上踯躅爬行。领导在绿树掩映里，看到三间忽隐忽现的白墙灰瓦房子，看到门前池塘的绿水，绿水里白毛红掌的鸭子，岸边悠闲散步的吴子旭，领导就在心里说，世外桃源啊！

领导就下了车，径直走进了吴子旭的家。吴子旭抬头看见领导，惊讶之后是摇头。领导也抬手揉了揉眼睛，领导甚至用手去吴子旭的脸上摸了摸。领导说，你是我吗？吴子旭说，你是我吗？吴子旭同样用手在领导的脸上摸了摸。吴子旭和领导真是一个模子里刻出来的，个子高低，身材胖瘦、一样的肥头大耳、一样的凸肚挺胸。如果穿了同样的衣服，外人根本分不出伯仲。领导忽发奇想，我就在这儿"白云人家"了，让吴子旭去做领导。领导把这个意思告诉吴子旭时，吴子旭惊得长大了嘴巴。吴子旭把手摇得像个蒲扇一样，连说，使不得，使不得！我不是做领导的料。领导说，你不做咋知道不是做领导的料。人人都能做领导！领导说着话，就脱了自己的衣服。领导强迫吴子旭穿上自己的衣服，领导甚至把他随身的手机也给吴子旭了。领导把吴子旭拉到镜子前，领导看着镜子里气宇轩昂的吴子旭，再看看刚刚换上吴子旭衣服的自己，领导对吴子旭说，看看，谁更像领导？吴子旭红光满面没有说话。领导又说，什么时候领导做烦了，就来找我。你要高兴做领导，就不要回来了。吴子旭说，领导啊，你也教我几手做领导的秘诀嘛。领导说，"哼哈"二字。

领导和吴子旭走进轿车时，司机有点等不及了。司机把吴子旭让进轿车，连正眼都没有看领导一眼，就把领导扔在了黄沙岭。

吴子旭做了领导，只需板着一张脸，遇到有人打招呼"哼"一声就过去了。吴子旭走进办公室，屋子刚刚收拾过，窗明几净，一尘不染。檀香木办公桌上，一台液晶电脑打开，电脑旁是一盒芙蓉王香烟，烟盒旁是个很精致的烟灰缸。吴子旭大了胆子坐上高靠背的椅子，屁股放在真皮椅上就是和放在硬木凳子上感觉不一样。吴子旭看着阔大的房子里就他一个人，好半天也没有人来理他，就握了鼠标乱点。还别说，点了就看进去了。先看新闻，什么猪吃人，人咬狗。再看美女，看明星绯闻。然后看地震、看神舟六号。看这些的时候，吴子旭先是抽了一支烟，抬头看看门，见没有人来，又抽了一支烟。吴子旭看了神舟看美女，看了美女看老虎。烟抽得多了就喝茶，茶喝多了就抽烟。也不知过了多长时间，有人敲门。吴子旭去开了门，慌的秘书脸色大变。秘书说，陈xx（吴子旭这才知道领导原来姓陈），该下班了。吴子旭"哈"了一声，秘书缩了头退出去。

吴子旭去开会。吴子旭展开面前的纸笔，准备记录会议内容时，看到周围的人都投来诧异的目光，就停止了伸出的手。吴子旭看到与会的人都两个肩膀抬一只脑袋，有的摇头晃脑在谝闲传，有的拿了桌上果盘里的水果再放在桌子底下吃。吴子旭才知道领导也就是如此。边上有人喊他，嗨，老陈吗？吴子旭"哈""哈"模棱两可，那人就点头，就做了握手的姿势。吴子旭又"哼"了一声，那人的手又缩了回去。

第一次做报告时，吴子旭有点怯场。有几处险些出错。但往往这时候，台下有人首先鼓掌，有人鼓掌，台下全部鼓掌。鼓掌的时候，吴子旭就停顿下来，重新看报告。吴子旭做完报告，场上掌声雷动。

吴子旭知道当领导就是喝茶，就是看报，就是在电脑上打牌、下棋、和那些"美女"聊天，就是对上开会、对下再开会。吴子旭厌倦透顶了。这一天，吴子旭坐车经过黄沙岭，车行到他家附近时，吴子旭让司机停了车，径直走进了他的家。吴子旭看到领导微闭了眼睛坐在院坝里，领导的腿边卧着他那条皮毛光滑的土狗，院子里有几只鸡在悠闲地散步，地上落满了金黄的叶子。在一瞬间，吴子旭明白了什么才是真正的幸福。吴子旭紧走几步，站在领导身边。吴子旭喊，老陈！老陈！领导眼都没有眨一下。吴子旭不得不用手拍了领导肩膀一下。再喊一声老陈。领导睁开眼，看见吴子旭。领导说，你是谁啊？哪来的领导？吴子旭说，我不是领导，我是吴子旭。领导说，你错了，我才是吴子旭。吴子旭说，你不是。你是领导。领导站起来，走进西边的牛棚。领导牵出两头牛，又放出几只羊，拿了鞭子在空中"啪"地摔了一个鞭花，又唤了声"虎子！"那只土狗"呼"地冲到他面前，对着吴子旭"汪汪"地叫。领导说，你看，我还是领导吗？领导说完这句话，吆了牛羊上山，把吴子旭一个人孤零零地仍在院坝里。

怀念狼

儿子把盒带给父亲时，父亲的眉头舒展了，说，又破费。接过盒带，装进录音机，按下"播放"键，整个房子里弥漫着野性的气息。

儿子下班回来，总看到父亲捧着那本书在看，脸上的表情木木的。儿子就说，爸，闷的话，下楼走走。

父亲抬头看了儿子一眼，没啥。闲着没事，看看书。心里想：满城市的楼房，就连脚下的路都是灰色的水泥地。有啥走头，有啥看头？刚到城里时，儿子陪父亲去了护城河，说是河，哪有水啊。就那浅浅涌动着的还是黑色的污水。树呢，叶子上落满灰尘，病恹恹的，都没有了生气。

儿子是个孝顺儿子，大学毕了业，经过一番拼搏总算在城里扎下了根。儿子不愿老父在山里孤零零一个人寂寞，就把父亲接到城里住。

孙子上小学二年级，回到家，就跑到爷爷房子缠着让爷爷讲故事。爷爷讲的第一个故事就是狼外婆的故事：从前，有一户人家把孩子放到炕上就上山了。下午回到家，炕上早没见了孩子。就知道是狼把孩子叼走了。

狼把孩子叼到洞里后，孩子醒了，哭着睁开眼，看到眼前的奶头在晃，叼住就吮起来。吃饱了，就笑，笑得咯咯咯的。母狼看着孩子粉红的脸，又看看和孩子在一起抢着吃奶的三个狼孩，狼没有了吃孩子的欲念。就这样，孩子和三个狼孩在一起嬉闹、成长，渐渐长大了。长大了的孩子总是叫那只老狼"狼外婆"。

晚上，孙子又缠上了儿子，爸，你见过狼吗？

我见过狼吗？儿子想了一会儿，对孙子说，我那时刚考上初中，十一二岁吧，跟你爷爷去他教书的地方读书。你爷爷教书的地方距离咱们老家三十里地。天没亮我就和你爷爷上路了。路是顺着山梁走的，又细又长。路两边是密不透风的林子。那些柏树呀，松树呀，野枣树呀都看不清，黑乎乎一片，时浓时淡，只看见羊肠一样的小

一条自由飞翔的鱼

路上白花花的石子像一条带子总在前面延伸。抬起头，锅底一样的天幕上那么多的星星总是眨着眼，一闪一闪的。

你爷爷肩上掮了一根竹竿，有丈五长。竹竿的梢子上还特意留下梢叶，在你爷爷的身后忽悠忽悠地晃。

呜——忽然，从对面山梁上传来一声沉闷、悠长的吼叫。你爷爷一把把我拉到他的身边，嘴上没说话，但我感觉到他握我的手使了很大的劲，他的手心潮潮的。你爷爷肩上的竹竿晃得更厉害了。

孙子问，爸，那是狼叫吗？儿子说，是狼叫。我这一生还没见过狼呢。就是那次听见狼的叫声，也吓破了我的胆。那时候，林子密啊，就有狼，狼有藏身的地方啊。

孙子还是不满意爸爸的故事，缠着让爸爸再讲狼的故事。爸爸又说，那时候，放了暑假，你大爷，大奶，大爷家的孩子，你爷爷，你奶奶和我们都爱在院坝里拉一张席子，小孩睡在中间，大人睡在外边，凉啊！屋里热，有蚊子。躺在凉凉的席子上，孩子一边听大人讲狼外婆的故事，一边数天上的星星。故事总也听不完，星星总也数不清。院坝边上的瓜架上有一个两个萤火虫飞起来，孩子就要去逮。大人就吼："回来！小心苞谷地里钻出一只狼！"孩子就乖乖地回到大人圈里躺下了。

黑地里，猪圈上，鸡舍上，那些用白灰画的箩筐大的圆圈白白的醒目。孩子们知道，那是套狼的。狼一看见这些白色的圈子，就不敢叼猪、叼鸡了。

孙子说，那时候狼真的很多吗？儿子说，那时候，庄稼地多，狼啊，狐啊，兔子啊就多。

父亲还在看那本书。儿子揣摸了父亲的心思。那天下班经过音响店时，听见店里的音箱里是一声一声的狼叫，就走过去问，这盒带还有吗？回答说就这一盒了。儿子说我买了。店主是一个二十多岁的小伙子，从卡座里取出带子交给儿子，怪怪地盯了儿子一眼，丢下一句话，如今这人是咋了？进了一百盒五天就卖完了。比超级女声还快啊！

儿子摇摇头。

儿子把盒带给父亲时，父亲的眉头舒展了，说，又破费。接过盒带，装进录音机，按下"播放"键，整个房子里弥漫着野性的气息。

儿子看见父亲扣到桌上的书：

怀念狼。

欲望树

岛上的人背地里都很羡慕，说，还是不知欲望树的好啊！

在烟波浩渺的东海上，有一个小岛。岛上绿树婆娑，鸟语花香。住在这个岛上的居民和外界完全隔绝。他们幸福地生活着，没有烦恼、没有忧愁。

居住在这个岛上的人年龄是倒着计算的，从一出生就是100岁，然后随着时间的推移而递减。在这个岛的中心，生长着一棵说不上年龄的大树。岛志上载"古树高约20余米，覆盖面积达一亩之多，树身粗约十米，五六个人手拉手才能合抱。树身曲曲扭扭向上，柏身而柿冠。"在这个树身像极了柏树的树上却长满了柿树一样的叶子。岛上的人叫这棵树——欲望树！只要从树上摘下一片叶子，说出一个心愿，他的愿望就会实现。可是谁也不知道在他的欲望实现的同时他的年龄也随着递减。欲望越大，年龄越减。

这个岛上的人很幸福地生活着，他们的欲望太容易实现了。他们把这个岛叫——幸福岛！100 岁的人是个婴儿，90 岁的人是儿童。80 岁的人是青年。他们多幸福啊——要什么只要从那个树上摘一片叶子，再对着树说一声就行了。

唯一遗憾的是这个岛上的人生命太短暂了，岛上的老年人太多，老龄化问题严重困扰着岛主，一个 20 岁的老年人。

岛主还不是岛主的时候，80 岁那年，看到 20 岁的岛主很威风，很潇洒。还不是岛主的岛主就在一个青石板上挂银灯的夜晚，在一个蛙声如浪的夜晚，在那个满树红叶的树下，轻轻地对欲望树说，神，我的神树啊，我有一个天大的愿望，不知您是否能让我实现？欲望树说，小伙子，说吧！你既然走到欲望树下，就没有实现不了的欲望。可你要记住，实现一个欲望，你的年龄就要减去很多岁！不是岛主的岛主说，我要当这个岛上的岛主！于是，他从树上摘下一片血色的叶子。他刚把叶子拿在手上，他的脚下已跪下一大片岛上的居民。那个原先的岛主也跪在他的脚下，用舌头舔他的脚趾，一边说，我尊贵的王啊，让我做牛做马伺候你吧！他的脸上是如释重负的笑。

可是这个当上岛主的人马上就后悔了，也一下子明白了先任岛主趴在他脚下笑的内容。因为他发现自己一下子成了一个20岁的老人。

有一个年轻人爱上了岛上最漂亮的姑娘。姑娘长得比月宫里的嫦娥还美丽，比西施还让鱼儿艳羡，比昭君还让大雁忘了飞翔。年轻人想追求姑娘，他去跟欲望树说了，欲望树告诉他，要有很多金子。年轻人就从树上摘下一片树叶，说我要很多金子，他就拥有了很多金子；年轻人不在年轻了。欲望树说，还要有一座宫殿，中年人就从树上摘下一片叶子，说我要一座金碧辉煌的宫殿，他就拥有了宫殿；欲望树说，这下你可以娶那位美丽的姑娘了。这人就从欲望树上摘下一片叶子，说我要娶岛上最美丽的姑娘，他就在宫殿里迎娶了美丽的新娘。看着满屋黄亮亮的金子，身边娇羞迷人的妻子，这个人却高兴不起来，因为他已是走路也要妻子搀扶，长须飘飘的老人了。

岛主召开岛上的臣民开会，说了欲望树是一个陷阱。劝告人民不要再去向欲望树要愿望了。可是没有一个人听他的。人们的欲望还是很强烈，很难满足。这个岛上的人的寿命就永远是短寿。

这一天，从海外漂来一只船，从船上下来一行人。他们发现了这棵柏身柿冠的树，就很惊奇，就围着他转，围着他拍照。他们问岛上的人这是一棵什么树？岛上的人不愿告诉外人这棵树的秘密，就都不说它的名字，只说是神树。这一行人就在岛上安家了。他们用带来的种子种地，日出而作，日落而息，倒也活得滋润、悠闲。

岛上的人背地里都很羡慕，说，还是不知欲望树的好啊！

生 意

农村大嫂不知不闻，低了头只管做自己的事。到这边来吃蒸面、喝酒的先是后山下来卖山货的农民，大碗吃面，大碗喝酒，大声划拳。到后来，就有教师模样的人隔三岔五的去品茶——正宗安康毛尖茶。

安康城没有城墙，至少现在没有，但安康城却有一个城门，是标准的那种：青砖拱成门洞的墙壁，青石铺就城门洞的路面，城门上面有远古的萋萋之草。古老的城墙不知毁于何时，留下的只有这个城门，安康人说"城门洞"指的就是这里。城门以南是新城，以北是老城。

城门北边左手是邮电所，紧挨邮电所是一家汉中米皮店。米皮店经营米皮、面皮、稠酒。老板是一个风姿绰约人称梅嫂的少妇，上身穿一件天蓝色白花的短袖中式布衫，下着黑色白点过膝短裙，忙活起来，腰间围一白亮亮的卫生裙，油光闪亮的头发在脑后一盘一扎，脸盘更大，更亮了。梅嫂干净、利落，加上她那一张能说会道的嘴，小店的生意就红红火火。二月里，汉江上的风暖暖地吹过，江北江南山坡上的油菜花开的黄灿灿的，安康城像一个怀春的少妇，热胀胀的，年轻人已穿起汗衫、短裙了。梅嫂的生意又开始好起来。从早上八点开门，到下午两三点东西就卖完了。在这儿吃米皮的就是城门洞周围的人，干部、工人、教师、学生、小商小贩，郊区农民……

梅嫂的墙上赫然挂着"文明个体户"等牌匾。

城门北边右手是一排低矮的板门房子，原来是浙江人在那里开缝纫铺。这几年，卖成衣的多了，做衣服的人就少了，就有一个农村大嫂模样的妇人在紧挨城门的门面房卖起了安康蒸面。大嫂的脸黑红黑红，头发刚刚过肩，穿着长衣长裤，做活不紧不慢，唯一可看的是供顾客进食的桌椅是仿红木的，古色古香。正对着大门的后墙上是一个大大的"食"字，那个"食"字一看就给人一种无法言语的冲击力。

常在梅嫂这儿喝酒的强子耳朵灵，告诉梅嫂："那女的是农村的，看吧，不出三月就要关门。"梅嫂就笑，就故意尖了声吆喝："米皮，正宗汉中米皮，又滑又亮，又柔又香……"一面就望了对面不屑地笑。

农村大嫂不知不闻，低了头只管做自己的事。到这边来吃蒸面、喝酒的先是后山下来卖山货的农民，大碗吃面，大碗喝酒，大声划拳。到后来，就有教师模样的人隔三岔五的去品茶——正宗安康毛尖茶。这些人一边喝茶，一边品评墙上的"食"字，就争得面红耳赤，走时却高高兴兴，说"下次再来，下次再来。"

看着往日的顾客跑到对面貌不惊人的农村女人那儿，梅嫂心里暗暗着急，有人就给梅嫂出主意："黑大嫂的生意都在那个"食"字上，你也请人写几个字，和她斗一斗！"梅嫂就到邮局门口请刻章子的老头写了大大一个"吃"字贴在墙上。

奇怪的是人们走门前过，朝里一望，只是笑。梅嫂莫名其妙，生意并未好转。这一天，梅嫂的店里来了一个外地人，吃了米皮，又吃了面皮，最后喝了一大碗酒，对梅嫂说："你这面皮里缺一样佐料，有了它，你的生意谁也比不上。"

梅嫂就急着问："啥东西？啥东西？"

那人就神秘兮兮的取出一包东西，说："取三、五颗，火油浇了，放入佐料，保证人吃一回，还来吃二回，永不离你的店。"

梅嫂将信将疑，想起对面的冤家，还是掏钱买了一包。

一个月后，梅嫂的生意果然出奇的好，人们说："梅嫂的面皮是安康城第一家，她的米皮、面皮，就一个字——香！"

黑嫂的生意还是那样，乡下人图个实惠，黑嫂的碗大。知识分子图个清雅，能品茶，能观黑嫂墙上新贴的一副"李白举杯邀明月"图。到了春节，黑嫂的门两边挂出了一副对联，上联是："进门见食食的高兴"，下联是："出店品书书也风雅"。

春天里，梅嫂的店面关门了。知情人说：春季卫生大检查，有人举报梅嫂调料里有大烟壳子，防疫站来一查，果然。就封了门，公安就逮了人……又有人说：梅嫂回汉中了，听说她男人和别人好上了……

这时候，才有人说，黑嫂的男人是安康城专管工业的副市长，黑嫂所在的厂子倒闭了，黑嫂下岗了。黑嫂店里的"食"字是安康城书法泰斗古远清老先生亲书、画是安康城最有名的画家李西东慕副市长的清正之名而做的。

黑嫂的生意仍然是那样：像汉江河的水不紧不慢地流着，像江南江北满山遍野的茶树绿着，像低洼地里的水稻永不疲倦地长着。

皮　袄

那件皮袄就是病人送给姥爷的。懂行的人说，就是那张皮子也值五六千的。我姥爷一笑，说值钱就值钱，说不值钱就不值钱的。

姥爷一次又一次地喊我把皮袄拿来。

我把皮袄放到他床头，他的头和皮袄紧挨着，姥爷还含糊不清地说把我的皮袄拿来。姥爷起夜的时候，也不忘让我把皮袄替他披在身上。姥爷临终前说得最多的话就是把我的皮袄拿来。

二哥说皮袄的故事这样的。

山高月小。天高云淡。闲云野鹤。

搭满豆角架的院坝这一天走进一老一少两个男人。正在豆角架里摘豆角的姥爷放下柳条做的篮子，问找谁？年轻的男人说，找岳大夫。又问，哪个岳大夫？二十年前在铺峪乡卫生所的岳大夫。姥爷说，我就是。来人看着须发凌乱，一身布衣，裤管挽在半腿上的姥爷，不自觉地摇了摇头。年轻人指着身边老人说，这是我父亲，患糖尿病已经近十年了，市里省里大医院，专家都看了，还是不见好。我母亲二十多年前在铺峪卫生院看好了她的顽疾，她就一直念叨着那个岳大夫一定能够看好我父亲的病。我们多方打听，逢人问路才找到您的。我姥爷就隔着门前那棵枝叶繁茂的桑树，静静地看了那个老人一分钟才开口说话。姥爷的第一句话是，你们要找我看病，就要按我说的办，在我这儿住个一年半载，行，我就看这个病，不行，这事就拉倒。

一老一少两个男人疑疑惑惑的还是答应了。

接这个病人时我姥爷已经八十三岁高龄。

那个"老人"病人其实也就六十多岁。

三间土屋，姥爷住西屋，病人住东屋。姥爷说，从此以后咱俩就是一家人了，有我吃的就有你吃的，有我做的你也得跟着做。吃的是粗茶淡饭，做的是上山挖药，下河逮鱼。每天一服中药熬两次，分三次喝下，剩余的时间就是山上、地里、河里的忙。半年下来，病人和姥爷一样精神矍铄了。第二年秋天，在那棵枝繁叶茂的桑树下，我姥爷对病人说，老弟，你应该回去了。回去告诉弟妹，感谢她对我的信任。

完全康复的病人倒不愿意回城里去了。他说，我好羡慕您世外桃源的生活啊！

那件皮袄就是病人送给姥爷的。懂行的人说，就是那张皮子也值五六千的。我姥爷一笑，说值钱就值钱，说不值钱就不值钱的。

二哥问我，你知道那个病人是谁吗？我摇头，二哥说，他是退休了的专员啊。

我姥爷这次病倒是很蹊跷的。我舅说，那天来了一个病人，我姥爷在开药方时忽然感觉拿毛笔的右手不听使唤了。药方的最后一个字无论我姥爷做了怎样的努力终是没有写出。当天晚上，姥爷的眼睛就模糊不清，姥爷知道他的看病生涯就此结束了。

我舅对姥爷说，您的头脑清醒，我送你去医院吧。姥爷说，不！

我舅又说，我请卫生所的医生来给你打吊针吧。姥爷还是说，不！姥爷一生都看不起西医，说那洋人的玩意儿是糊弄人的，治表不治里，看不了病的。姥爷很少生病，偶尔头疼脑热就去山上拽一把草，捋一把叶，嚼着嚼着就好了。

我舅对我姥爷说要给他请医生时，我姥爷总说，给我做一碗拌汤，我吃了就走啊。这句话姥爷说得很平静。我说，姥爷，你没事，你是好人，好人长命百岁的。姥爷瘪着嘴笑，毛主席八十四岁老了，我也八十四了，值了。我舅对我说，你姥爷是心病大于身病啊。他知道自己不能看书，不能写字，再也不能给人看病了，他也就没有活着的价值了，所以他就不吃不喝，只求早些走啊。姥爷躺在床上，头脑一清醒就喊把我的皮袄拿来。我舅说，皮袄是他的荣耀哩。姥爷叮咛我舅最多的话就是，别忘了把我的皮袄放在我的寿木里。

姥爷终于走了。姥爷的皮袄也随着姥爷走了。

账房先生

吴先生睡了十天，人也瘦了许多，胡子拉碴的，头发也乱得一团糟，也不洗不梳，从墙上取下算盘摔得粉碎，只说了一句："一世的清名啊……"就不再言语。

吴先生退休的时候，还不到规定年龄，只有五十五岁，为了高中毕业的儿子顶班端上铁饭碗，吴先生就提前办了退休手续。退休了的吴先生没事干，正好生产队的会计不干了，队长就请吴先生当会计。吴先生在单位就管财务，一把算盘打的滴水不漏，人称"铁算盘"。干一个生产队的会计那是绰绰有余。

后来，农村实行包产到户，土地划到了各家各户，队长都没事干，吴先生的会计也就名存实亡了。百十户人的村子里，谁家有了红白喜事，就请吴先生去当账房先生。吴先生也不推辞，就梳了头，是他们那个时代伟人的大背头，梳得一丝不苟。刮了胡须，净了面，戴上棕色的宽边眼镜，腋下夹了那把框儿、珠儿磨得油光锃亮的算盘就去了。

吴先生的账面做得细，来客官号下还要注上小名，烟是啥烟，酒是啥酒，布是几尺，面是几把，银是多少，一一列举，绝不含糊。到了晚上，主人和账房先生坐一块儿，四个凉菜，四个热菜，两壶酒，边喝边交账。吴先生的双手在算盘上就像现时年轻人在键盘上打字一样，噼里啪啦，账面就一清二楚了。总共收了多少烟多少酒，拿出待客多少烟多少酒，还剩多少烟多少酒；实收现银多少，谁谁支用了多少，还余多少。左手握钱，嘴里往右手大拇指吐了唾沫，就哗哗地数，一块一毛不差地交给主人。

主人就很满意，执意再敬两杯酒，又喊女人再敬先生两杯，儿子、儿媳各敬先生两杯酒。吴先生就醉了，说："不喝了，不喝了，再喝就真醉了，再喝就回不去了……"

正因为吴先生的认真、仔细，村里人都非常相信他，不论亲疏，过事必要请先生去做账房先生。

这年正月，村主任的儿子结婚，吴先生自然责无旁贷是账房先生。忙了一天，晚上给村主任、村主任老婆把账目交代清楚后，吴先生就微微醉着，感觉很好地回了家。村主任躺在床上，一时三刻睡不着，就拿着礼单从头到尾看起来。看着看着，村主任的脸色就不对了。问老婆："你晌午看到老贾了么？"

老婆说："咋没看到？他不是还给你戴高帽子了吗？"

老贾是村上的支书，是村主任的老搭档，两人共事快十年了。

村主任就说："这就怪了！"

老婆问："咋了？"

村主任说："没啥。你睡吧。"

村主任在礼单上没有见到老贾的名字，按说老贾上礼最少是100元的。那些村民小组的组长上礼都是100元，村里稍微能拿出手的人上的礼都是50元。可咋就没见老贾的名字呢？村主任又翻看了一遍礼单，还是没有。老贾绝对不会不上礼的，唯一的解释就是账房先生做了手脚。村主任想到这儿，又问老婆："咱没得罪老贾吧？"

老婆说："咋会呢！老贾女儿出嫁时，咱不是上了100元的礼吗？"

村长就重重地点了点头。老婆说，"有啥不对劲的。"

村长就把心里的事对老婆一五一十地说了，又叮咛千万别说出去。

这事到底还是说出去了。账房先生是最后一个知道的。知道了，就气得病倒了。对老伴说，你那天看到老贾进帐房了吗？老伴说，我倒是听到老贾的儿子给人说我要去上账了，就去了账房。吴先生就长叹，我老糊涂了。

吴先生睡了十天，人也瘦了许多，胡子拉碴的，头发也乱得一团糟，也不洗不梳，从墙上取下算盘摔得粉碎，只说了一句："一世的清名啊……"就不再言语。吴先生跟跟跄跄到了村主任家，从口袋掏出100元钱给村主任，说，我咋就老糊涂了？

村主任忙扶账房先生坐下，说，您老这话咋讲？

"我给你管账房，少给你交100元钱……"

村主任说，您听谁说啥了？老贾的儿子是去账房了，不过他去时您不在，他又出来了，刚好有人找他有事把他拉走了。他这一走，就把上礼的事给忘了。都四五天了，洗衣服从内衣口袋掏出100元钱，才想起那天忘了上礼。正在这时，老贾也找村主任来了，就说，是啊，都怪那个小王八羔子！

账房先生一下子怔在了那里。

儿子在单位也管财务，一手算盘得父亲亲传，打得潇洒自如，人称"算盘精"。礼拜天回家看到父亲瘦了一圈，就问咋回事？母亲把这事原原本本说了。儿子说："啥子事吗！我的帐上几万元都填不平呢，还不是恁大个事！我爸也真是，100元钱就把算盘摔了？"

母亲说："你哪能和你爸比啊？"

爷孙卖药

小董医生晚上在席梦思床上把钞票数得哗哗响，睡梦里都笑出了声。在东边的房子里，老中医却唉声叹气，在房中走了一晚上，头摇了一晚上。

葫芦峪里藏着四个自然村，两千多户人家。峪口正对了省道商洛路。从峪口往西去是洛城，往东去是商州。葫芦峪的人祖祖辈辈要上洛城，下商州，就要从深深的葫芦里走出来，走出峪口，才能去城里逛世界。

改革开放后，农民有钱了，第一件事是吃饱，吃饱了干的第二件事就是盖房子。顺理成章的，峪口就成了木料交易市场。山里人捐一根檩，几根椽就能换回买小麦、苞谷的钱。塬上的人粜了粮食就能买到盖房的木料，盖了四间大瓦房，儿子就能说下媳妇啊。

市场形成了，就有了市场的规模。沿着顺峪而下的小河两岸，盖起了简易房，在房的周围又搭起了各色各样的简易棚。商店、饭店、药铺，就连村上的信用社、代销店、初级小学都迁来了。在这个自然形成的小集市上，最让葫芦峪人放不下也离不了的是位于集东头的药铺了。

三间土木结构的低矮瓦房，东边一间是老中医，人称"董三副"，七十多岁，终年穿着对襟中式衣衫，留着五寸长的胡须，不黑不白，整个一个灰青色。瘦瘦的身板硬郎朗的。双眼炯炯有神。他要直视你一分钟，你就不由得低下了头。山里人身子骨没那么娇气，有个头疼脑热，在他这儿，三副药就没事了，回家照样砍柴挖地。西边房里住的是老中医的孙子。孙子卫校毕业后，没有安排，就自己开了一家诊所。人们都叫他"小董医生"。孙子学的是西医。孙子总对爷爷说，您的中医不行了，我的西医治病快，又简单方便。来了病人，在爷爷这儿看了，爷爷给包了三副草药，用麻线绑了，说，记住，一服药熬三次，三次混合，分三次喝下，三天准好！人一走，孙子就笑爷爷，那病还要三天啊，我一天就让它好了。又有病人去孙子那儿看了，孙子先给量了体温，又用听诊器在病人的前胸这儿按按，那儿按按，就打一针，开两天的西药片子，说，没事，两天就好了。病人还没走，爷爷就咳嗽，那脸上的表情是不屑一顾。

慢慢地，到孙子那儿看病的人多了，原因是孙子那儿看病花钱少，见效快。到爷爷这儿看病的人多是些老年人，他们相信中药能剜根。孙子对爷爷说，你的三副药老是十元钱，我两天的药才五元。爷爷说，你那能治病吗？孙子说，两天不得好，他自己就来了，再看，再开药啊。你一下子给他开十几块钱的药，他总是嫌贵嘛。这就是做生意的诀窍，您老不懂啊。爷爷就摇头。

那一年，从商州、洛城传来一个消息，说是全国出现了一种流行病，叫"非典"。死人无数，国家暂时还不能根治。据说都传到一岭之隔的华阳了。州里、县里的板蓝根冲剂价格一涨再涨，并且货是供不应求。孙子连夜就去了州里，四处托人购了大量的板蓝根冲剂。第二天却不卖，又去洛城想办法弄了一批压在药房。过了不到一个礼拜，风声更紧了，谁家有人一咳嗽，就怀疑是"非典"，就赶紧要量体温，送医院。从州里、县里回来的人都知道了要喝板蓝根能预防这种病。就有人来问孙子，孙子说，是啊！现在只有这板蓝根才能救命啊。来人就要买。孙子先说，货不多，然后就说药贵了。来人说，药贵还有钱贵？孙子说，确实贵了。来人说，多少钱？孙子说，十八元。来人说，那么贵啊？原来才六元嘛。孙子说，就这还没货。过几天说不定卖二十呢。

那人狠狠心买了两包走了。葫芦峪的人知道板蓝根能治这种谈

"非"色变的病，知道小董医生这儿有，就揣了买衣服、孩子上学的钱来买药。小董医生看着涌到门口的人群，心里乐开了花。一包二十元。有人就喊，早上不是十八元吗？小董医生说，涨价了。就不再说话。人们在钱与命之间，还是觉得命比钱值钱。买！

小董医生晚上在席梦思床上把钞票数得哗哗响，睡梦里都笑出了声。在东边的房子里，老中医却唉声叹气。在房中走了一晚上，头摇了一晚上。

小董医生睡到日头一竹竿高了，才起来准备迎接又一个挣钱的日子。他开了门，门外没有了早早等着买板蓝根冲剂的人。在爷爷那边的场院里，爷爷用三块大青石支了一口大铁锅，锅里红通通的液体翻滚着。爷爷正用了大铁勺给周围的人碗里盛液体。

他这才看到，在铁锅前面，竖着一块黑板，上面是爷爷的苍劲手书——板蓝根汤。一毛一碗。

如履薄冰

那天早上，我遇到花花的时候，是在女人湖边的柳树下。花花穿着一袭白得耀眼的裙子。她漂亮的脸蛋和妩媚的眼睛勾走了我的心魂。我不顾和花花在一起的那个男人的呵斥和花花缠绵。花花给我的是长长的接吻，我给花花的是久久的拥抱。

我真的没有想到我为离家出走付出那么大的代价。

一条自由飞翔的鱼

　　那是一个细雨蒙蒙的秋季，农民刚刚把麦子播种在能握出油水的黑土地里，我就来到了这个世界。我的两个姐姐——一个叫阿兰，一个叫阿灿。她们从学校回来的第一件事就是放下压弯了腰的书包，争着把我抱在温暖的怀里。我和阿兰阿灿一样喝着豆浆牛奶、吃着火腿香肠长大。

　　我住在繁华的城市里。

　　阿兰阿灿的父亲是一个活得有滋有味的男人。每天早上天刚亮，他就带了我出去跑步。砚川河在进入小城以后被三个绿色的橡皮大坝驯服成一个女人湖，在晨曦里懒懒地舒展了腰肢，尽情释放她的妩媚和温柔。沿着砚川河畔，我们就这样跑步，在绿柳婆娑里，在诗情画意里，看着前面这个俊朗的男人健康挺拔的身影，我陶醉在无法言说的幸福里。

　　有时候，我们会登上小城南边的燕子山，这是小城新开发的生态休闲园。硬化了的上山公路两旁是半人高的塔松，塔松下是紫色和绿色相间的草圃。我喜欢在登山台阶上一跳一跳地跑在这个男人的身前身后。山里的空气像十月里新酿的大麦酒一样醇香。那山坡上的洋槐啊、栏杆两旁的冬青啊，翠绿的叶子上总是滚动着眼泪一样的露珠，在早晨的阳光里闪着宝石一样的光芒。

　　这样的日子过了多久了？在人们羡慕我幸福生活的时候，我却下决心离家出走。

　　我恨那个套在我脖子上闪着银子一样光芒的项圈。

　　在那个热得吐舌头的黄昏，我义无反顾地离开幸福的生活。走出繁华的街道，跨过有玉石栏杆的行人桥，穿行在城市边缘的乡村，满眼是绿的树绿的庄稼绿的池塘绿的草地……我的心胸一下子开阔起来。我感受到了自由的高贵。我为我这次伟大的决定而沾沾自喜。正当我徜徉在乡村的土路上，暗自陶醉时，我脖子上的项圈攥在了一个男人的手里。他露着黄色的大牙对我笑笑："我正要找一个朋友的。好！你来了好！"我于是给这个正修房子的男人守着工地，看着大门。我开始绝食，那是我能吃的吗？剩饭，除了剩饭还是剩饭，也太不把我当一回事了。我开始罢工，整天就是眯了眼睛睡觉，这样怠工的结果是我的屁股上挨了重重的几脚。

三个月啊，我就像一个被判了刑的劳改犯一样度日如年；我就像一个被拐卖的妇女一样被主人限制了自由。那个礼拜天的傍晚，一个女孩子带了我去逛县城。走进熟悉的大街和楼房之间，我久违了的感觉油然而生。我怀念起我在这个城市里的幸福生活，趁那个女孩不注意，我撒腿就跑，回到我熟悉的家。那天晚上，我叫不开门，就睡在了门外。冰凉的水泥地面上，我却睡得很沉很香，我做梦都在笑，我终于回来了。

我又回到幸福的生活之中。

每天早上，阿兰阿灿的父亲把买来的馒头用弯如月牙的厨刀先切成片，再切成条，最后剁成小丁，然后把羊杂啊，猪下水啊、肝啊、肺啊用刀切成沫，给我做成一顿丰盛的早餐。阿兰和阿灿会把她们的面包和牛奶同我一起分享。

我仍然和这个高高大大的男人去跑步。

这样的日子又过了多久了？在人们羡慕我幸福生活的时候，我又一次下决心离家出走。

这次离家出走的原因是我遇到了我心爱的花花。

那天早上，我遇到花花的时候，是在女人湖边的柳树下。花花穿着一袭白得耀眼的裙子。她漂亮的脸蛋和妩媚的眼睛勾走了我的心魂。我不顾和花花在一起的那个男人的呵斥和花花缠绵。花花给我的是长长的接吻，我给花花的是久久的拥抱。

从女人湖回来，我神不守舍。我的心里，我的眼里全都是花花。我离不开花花，我要花花。为了她就是舍去我现在幸福的生活也在所不惜。

那一天早上，当我再一次见到花花时，我就和花花私奔了。

这时候已是冬天。我膘肥体壮的身子还没有和花花缠绵够，就被花花的主人做成香喷喷的狗肉招待了同样膘肥体壮的朋友。

一条自由飞翔的鱼

那天早上，我遇到花花的时候，是在女人湖边的柳树下。花花穿着一袭白得耀眼的裙子。她漂亮的脸蛋和妩媚的眼睛勾走了我的心魂。我不顾和花花在一起的那个男人的呵斥和花花缠绵。花花给我的是长长的接吻，我给花花的是久久的拥抱。

那条红色的金鱼是女孩上学时从一栋大楼底下拣到的。女孩四下望望没有人，猜想这条鱼应该是这栋楼上谁家鱼缸里的鱼。也许那户人家的鱼缸放在阳台上吧。女孩就想起自家阳台那条自由飞翔的鱼。女孩把那条鱼在水龙头下冲洗干净，装进盛水的塑料袋时，发出一声诘问，我就不明白，这条鱼为什么要从鱼缸里飞出来？

女孩把鱼放进自家的鱼缸。

这个鱼缸里原先也是有三条鱼的，一条黑色的，一条红色的，这两条大一些，爸爸说那是他和妈妈；另一条小鱼是金黄色的，两只眼睛大大的，圆圆的，爸爸说那是女孩，他们唯一的女儿。每天晚上女孩从学校回到家，都会看到父亲在阳台上给那些胖娃娃啊，洋樱桃啊，蝎子莲啊洒水，更多时候，爸爸就站在鱼缸前，给水面上撒些鱼食，看那三条鱼儿抢食。有时候，爸爸会拿了细细的不锈钢鱼篓点那条黑鱼的头，叫你抢，叫你抢，你还是个做父亲的样子吗？女孩就笑了，女孩说，爸爸，你怎么不点妈妈呀？女孩说的妈妈是指那条红鱼。爸爸说，嫁汉嫁汉，穿衣吃饭。女儿和妈妈都是爸爸的心头肉啊。

爸爸说这话时，妈妈还没有回来。女孩知道妈妈又去跳舞了。妈妈说她跳舞其实是在找客户。妈妈先是跑保险，后来跑直销。爸爸说，那是传销，国家打击的。妈妈不听，妈妈说，你懂什么？只知道下死苦挣些糊口钱。看看人家老婆穿的啥，戴的啥。当初真是瞎了眼，跟了你这个窝囊男人。女孩知道，妈妈心气高，总做一夜暴富的梦。女孩也听过到家里来的人给妈妈讲一夜暴富的故事。爸爸不信，女孩不信，可妈妈信啊。

爸爸白天就守着门市部，还要做两顿饭。晚上回家了，洗衣服，收拾家里的卫生，时不时地，还要上缝纫机给女孩缝缝补补。女孩有时想，爸爸真的是这个世界上最伟大的父亲呢，家里家外都是他

一条自由飞翔的鱼

一个人，并且做得那么好，那么任劳任怨。妈妈白天跑客户，晚上回到家就喊腿疼脚疼腰疼背疼，爸爸打了洗脚水放到妈妈的脚下，妈妈看也不看他一眼，说，德行！妈妈把脚泡在温水里，眼睛就粘在电视上了。

女孩一边看书，一边在心里说，妈妈，妈妈……女孩真的没有想出来她后边要说些什么话。

有一天，女孩突然发现鱼缸里那条红鱼不见了。那条黑鱼和小黄鱼没精打采的。爸爸说那条红鱼飞走了，自由飞翔啊。女孩看见胖娃娃（爸爸说那叫玉树）也瘦了，瘦了身子，瘦了叶子。女孩也发现爸爸的胡子长了，头发长了。女孩就想哭。妈妈在这个秋天走了，去了遥远的深圳。女孩记得妈妈走时爸爸不愿意，爸爸第一次冲妈妈发了火，但妈妈还是义无反顾地走了。妈妈说，深圳工资高呢，打工都比在家当老板挣的钱多。那是妈妈跑直销失败后走的另一条路。

中午放学，女孩看到阳台上的胖娃娃又绿了，那盆新栽的芦荟也抽出了新芽。春日的阳光里，胖娃娃的叶子更绿，鱼缸里的水更清，能看见清水里假山和五彩石的水纹，还有水草上面的阳光和花朵。那条红鱼摆了下尾巴，和那一大一小两条金鱼欢快的嬉戏起来，一点也不害怕人。女孩的眼里就热热的。

不知什么时候，女孩发现爸爸站在她身后，脸上露出少有的笑容。

女孩抬起头，爸爸，你看，那条红鱼又回来了。

爸爸笑了。爸爸抬手在女孩头上抚了一下，说，闺女，你妈妈来信了。说她下个礼拜就回来。

女孩看见爸爸的下巴上光光的，在阳光下闪着青色的光。女孩的心一下子像这个春天的阳光，暖暖的。

强子和麦子的故事

麦子回过神来，就把她两次梦见强子的事给凤儿原原本本地说了。凤儿也是唏嘘不已。凤儿告诉麦子，强子高中毕业，差五分没有考上。补考一年，考上了，家里却没有钱供他上大学。强子回家后，就变得少言寡语。

强子拦住麦子说，今天碰到你了，一定要到我家去。

麦子说，不了。你看天色也不早了。太阳都落山了。这时候，天色忽然就暗下来。远处的村庄隐在黑色的夜幕里。近处的槐树张牙舞爪如鬼怪。

强子还是拦住麦子说，你真的不去吗？你也太狠心了！我们曾经相好了一场，你都忘记了吗？

麦子看看坐在自行车大梁上的女儿，强子，过去的事就不要说了。我要走，孩子都快瞌睡了。女儿的眼睛眯着，昏昏欲睡的样子。下次吧，下次吧。

谁家的狗吠了两声。强子不见了。

强子是麦子的初中同学，三年里，有两年时间和麦子坐一张桌子。强子人长得细高白净，学习成绩一直是班上第一名，也就理所当然的是班长。这样呢，强子就成了班上女生心目中的白马王子。强子挂在桌边墙上的"红军不怕远征难"军绿色帆布书包里就永远缺不了三核桃两枣，还有一捧花生和几颗硬硬的水果糖。但这些小么零碎都没有打动强子的心。强子喜欢和他坐一张桌子的麦子。麦子那次装疯卖傻地倒在他怀里的感觉像一枚钉子深深地嵌在强子的心尖尖上，痛并快乐着。

那个月光如水的夜晚，强子和麦子走在铺满农民收获的麦草的操场上。鼻子里满是从地里新割回的麦草的香气和操场边上核桃树涩涩的味道。强子很夸张地抽动鼻翼，对麦子说，好香啊，你！麦子的脸在月色里热热的。胡说，是麦子的香。话刚说完，自己倒笑了。我说的是操场上摊开的麦子的香。强子坏坏地笑，反正都是一样的，麦子的香。我再闻闻。说着话，强子的脸就凑近麦子的脸，他用鼻子闻麦子的头发，好香啊！麦子低了头说，刚刚用皂角粉洗了的。强子忽然就在麦子的左脸颊上亲了一口。麦子惊呆了。麦子的左手迅疾捂了她的左脸，她的眼里充满了屈辱和愤怒。麦子的右手毫不犹豫地甩在了强子的左脸上。在夏天有月光的夜里，麦子的右手为了捍卫少女的自尊在强子的左脸上留下五条深深的红红的指印。

强子又拦住了麦子。

麦子，你答应了去我家的。

麦子看着强子眼里幽怨的神情，麦子说，这么多年了，你还记着我？

强子始终没有靠近麦子。强子说，我一个人。我很冷。我很孤独。

麦子说，你看我已经有家了。我已经有孩子了。

强子说，我就是想让你去我家看看，去我家坐坐。

麦子说，不了。你看天色也不早了。太阳都落山了。这时候，天色忽然就暗下来。远处的村庄隐在黑色的夜幕里。近处的槐树张牙舞爪如鬼怪。

强子还是拦住麦子说，你真的不去吗？你也太狠心了！我们曾经相好了一场，你都忘记了吗？

麦子看看坐在自行车大梁上的女儿，强子，过去的事就不要说了。我要走，孩子都快瞌睡了。女儿的眼睛眯着，昏昏欲睡的样子。下次吧，下次吧。

谁家的狗吠了两声。强子不见了。

麦子回娘家时，在那个和强子相遇的路口，碰到一个正扛了锄头从地里回来往村庄走的妇女。麦子就问，婶，我向你打听一下，强子的家在哪儿？

那妇女很惊讶地看着麦子，眼里是怪怪的神色。

麦子又说，婶，我是他的初中同学。我们还是同桌哩。

妇女摇摇头，又点点头。喏。在前面村里。从西往东数，第三家。三间土房。

麦子没有去。看看天色不早，麦子看看坐在自行车大梁上的女儿，麦子想，下次吧。下次专门去看看强子。

麦子还没有走到100米，就遇到了初中女同学凤儿。麦子就和凤儿拉开了家常。凤儿说，好长时间不见了。

麦子说，是啊。我初中毕业就回家了。你们上了高中啊。

凤儿说，上了高中也是白上。白白耽搁了三年时间。人家没上高中的同学都挣好多钱了。

麦子忽然问凤儿，强子呢？强子过得好吗？

凤儿很惊讶地看着麦子，眼里是怪怪的神色。

怎么？你不知道！强子已经不在人世了。

麦子的头"嗡"的一声，就是一片空白。好一会儿，她才回过神来。凤儿看见麦子的脸色一下子煞白，知道不好，就扶了麦子的车子，麦子，麦子，你怎么了？

麦子回过神来，就把她两次梦见强子的事给凤儿原原本本地说了。凤儿也是唏嘘不已。凤儿告诉麦子，强子高中毕业，差五分没有考上。补考一年，考上了，家里却没有钱供他上大学。强子回家后，就变得少言寡语。到后来，眼看三十岁的人了，连媳妇都没说下，有一天就上吊走了。

麦子的心颤颤的。麦子的心也慌慌的。

凤儿说，麦子，强子的坟就在路边的坡地上。他一定是看见你了，才给你托梦的。不要怕。我们是朋友。他不会害你的。回家在十字路口给他烧些纸钱吧。他在那边也怪可怜的。

麦子回到家的第一件事，就是去商店买了厚厚一刀火纸。麦子在火纸上写了强子的名字。麦子在烧纸时，告诉强子，过去的就让它过去吧。在那边好好的。

麦子的眼里就有了泪。麦子的心酸酸的。

麦子再也没有见到强子了。

麦子说，我其实还怪想强子的。

远逝的纸鸢

吴纸鸢不知道他是怎样离开静慈庵的。他只记得他的步履很沉重。只一夜，吴纸鸢的鬓边就添了几丝白发。

过了不惑之年的吴纸鸢一直认为自己是光明磊落的，在遇见静修之前。

吴纸鸢做梦也没有想到他会遇见静修，在静慈庵。吴纸鸢踏进静慈庵青砖铺就的院落，走在两边修剪得很完美的冬青延伸的甬道里，就感觉到了透彻心扉的安静和清凉。在那一瞬间，他甚至产生了要退出去的想法。这时候，面前人影一闪，只打了个照面，他的心海忽然就掀起了惊涛骇浪。婧秀！真的是婧秀吗？

二十年前，吴纸鸢在洛城一中教书。他代的班级有一个漂亮的女孩叫婧秀。也许是早熟的缘故吧，两只乳房像两只不安分的小兔子总在胸前蹦跶。吴纸鸢是班主任，代的是语文课。婧秀是这个班的语文科代表。每天晚上下自习后，婧秀就抱了一大摞作业本来到吴纸鸢的办公室。吴纸鸢的办公室不到十个平方，进门靠窗位置是三个抽斗的办公桌，后面两步挨墙就是一张单人床了。吴纸鸢是个很干净的男人，桌面上的教科书、笔筒、粉笔盒、小到墨水瓶、回形针盒都摆放得井然有序；他的床单永远是平平整整、没有一点褶皱。被子叠得四四方方，有棱有角。吴纸鸢不像别的男人，胡子长

一条自由飞翔的鱼

黑了才刮，他是每天早上起床、洗脸、刮胡子，动作一丝不苟。这样，吴纸鸢就是整个学校最受女生欢迎的男教师。

吴纸鸢还有一个优点，那就是他的文章写得好。在洛城，没有哪个人在省报发表过严格意义上的文学作品。吴纸鸢就不同，他的散文常常在省报副刊发表。吴纸鸢最得意的事就是站在讲台上，声情并茂地朗读他发表在报纸上的散文或者一首小诗。左手握了报纸，右手时不时地做个夸张的手势。他朗读文章的时候完全到了忘我的境界。同样进入忘我境界的还有一个人，这个人就是婧秀。

婧秀上初中时就喜欢读《少年文艺》、《中学生阅读》，也尝试着写过散文、小说，还偷偷给《作文周报》投过稿。因为爱好写作，她差一点就考不上高中了。婧秀上了高中，本来想着不写了，好好补数学，谁知又遇到这个同样痴迷文学的吴纸鸢。婧秀的文学梦又被吴纸鸢给点燃了。

婧秀的作文常常作为范文在作文课上朗读。吴纸鸢甚至帮婧秀修改了几篇作文投给《作文周报》。那天晚上，婧秀把作业本抱进吴纸鸢的办公室就再也没有出来。

学校还是太小。吴纸鸢和婧秀的事最终还是闹得沸沸扬扬。吴纸鸢在一个有月亮的晚上，在白杨树高高的操场上对婧秀说，等着我，我会娶你的。

吴纸鸢离开洛城，回到了他的家乡汉江之滨的小城。这一去就是二十年。

吴纸鸢来到洛城是以投资商的身份来的。经过二十年的奋斗，他已经是省城一家著名的房地产公司老总了。修复静慈庵是洛城政府在省城"招商引资"洽谈会上引进的项目。吴纸鸢鬼使神差地投资了这个项目。

婧秀——

那个身影一顿。吴纸鸢赶上一步。婧秀，是你吗？我是……

穿一袭皂衣的女子头发盘在同样黑色的圆形布帽里。平静的脸面像院子里那一池秋水，不起一点波澜。先生，你认错人了。我是静修。静慈庵的主持。

吴纸鸢回到宾馆，打电话叫来了洛城负责这个项目的老胡。老胡说，静慈庵的主持其实是洛城的名人。早年是一家发廊的洗头妹，后来做了发廊老板，再后来是洛城最大的娱乐中心"红满天"的老总，再后来进号子了，再出来时就隐姓埋名做了静慈庵的主持。没有人知道她的真实姓名。

吴纸鸢就更加确定了自己的眼光和判断。静修就是婧秀。吴纸鸢知道是他害了婧秀。当年他回到老家后，曾想着和老婆离婚，娶婧秀的想法。恰在此时，岳父的公司总经理跳槽，老婆就让他走马上任了。

吴纸鸢第二次踏进静慈庵，只是他一个人。木几、木椅、古木茶具。淡淡的茉莉花茶。

婧秀。

我是静修。

当年是我对不起你——

我说过我不认识你。

婧秀。

我是静修。

我想着，你还年轻。这儿不是你待的地方——

我知道，您是这个项目的投资商。我不能拒绝和你见面。题外的话，就请您不要多说了。

婧秀。不管你承认不承认，我还是要说。为了弥补我的过错，我想请你来我的公司工作——

我不是婧秀。我是静修。

吴纸鸢不知道他是怎样离开静慈庵的。他只记得他的步履很沉重。只一夜，吴纸鸢的鬓边就添了几丝白发。

花期已过

不管于小鱼承认不承认，他的内心就是喜欢米小囤。米小囤站在于小鱼的身边，于小鱼根本就作不了画。

于小鱼是我们洛城画苑的领袖人物，他的画好，字更好。于小鱼擅长画花草鸟虫，他的客厅、阳台就种满了各种花花草草。从阳台跨进一步，就是于小鱼的画室。两个乒乓球案子大小的工作台上，铺着一层墨绿色的金丝绒桌布，很细很柔的那种，手放上去好像按在豆蔻年华的少女身上，那种透彻心肺的感觉是只可意会不可言传的。于小鱼有个爱好，就是在作画或者写字的间隙，习惯双手静静的摁在细腻的富有弹性的桌布上，一站就是多半个时辰。于小鱼的爱人是个作家，就是写了不少文章，也发表了不少文章，加入了省作协，又没有多大名气的作家。

于小鱼把双手按在金丝绒上面时，心里其实没有表面那么平静。他的心里装满了米小囡。米小囡是他的女弟子，不到三十岁，很有韵致的一个少妇。米小囡的丈夫是个私营企业主，手指上戴两三枚拇指大钻戒的那种老板。米小囡就有钱有闲。有钱有闲的米小囡在穿尽了名牌时装，养厌了宠狗宠猫后忽然有一天就喜欢上了花花草草。她喜欢的不是山坡野地的花草，喜欢的是于小鱼画的花草。在洛城文庙的展厅里，衣着鲜艳的米小囡忽然给于小鱼跪下了。和于小鱼坐在一起的文化馆馆长惊讶地望着于小鱼。于小鱼也惊呆了，"这……这……"米小囡虔诚地给于小鱼磕了三个头，然后抬起头，用修长的手指掠了一下扑在眼睛上的刘海，静静地看着于小鱼说，于老师，我拜您为师了。

于小鱼这才从惊讶中清醒过来，连连摆手，使不得，使不得。

一旁的馆长说，您就收下她吧！

米小囡也说，于老师今天要是不答应，我就跪在这儿不起来。

展室里看画作的人群就都掉转头，看这个跪着的年轻女子和坐在红木椅子上的两个半老男人。于小鱼的脸色"腾"地就红了。他伸出手，又抽回手，拉也不是，不拉也不是。

"于老师……"

看到米小囡眼里认真的神情，于小鱼考虑再三，还是重重地点了点头。

于小鱼收了这个女子做弟子，也是他唯一的女弟子，他还不知

一条自由飞翔的鱼

道她叫什么，从哪儿来。米小囤说，叫我米小囤吧，哪里人其实不重要，重要的是我今天才知道我骨子里喜欢的是什么。

于小鱼的爱人第一次见到米小囤，眼里除了惊讶还是惊讶。紧接着就是意味深长的笑。晚上，她漫不经心的对于小鱼说，关门弟子啊？很有风韵嘛！于小鱼就说，你不知道当时的情形……她打断他，我知道，她当众给你跪下了，磕头了，你再三解释她就是不起来，你没办法……于小鱼就不说一句话，转个身，给爱人一个光脊背。

不管于小鱼承认不承认，他的内心就是喜欢米小囤。米小囤站在于小鱼的身边，于小鱼根本就作不了画。于小鱼对米小囤说，我给你找一些绘画基础知识书，你先看看。米小囤说，我不看，我就站在你身边看你作画就行了。于小鱼说，那是学不会的。米小囤说，我试试看。于小鱼就画得很艰难。米小囤却学得很认真。米小囤作画的时候，喜欢穿一件中袖褡扣碎花的宽大绵绸褂子，蓝底白花，很古典的那种。修长、细腻的胳臂像一段才出水的莲藕在于小鱼眼前晃来晃去。于小鱼的心就乱乱的。于小鱼已经能感觉到自己的手就要按到那截藕上了，米小囤的一声轻咳把于小鱼从幻景中惊醒。于小鱼在内心连说惭愧！惭愧！

那一天，于小鱼的爱人随县文联组织的"走进新农村"去老君山采风。米小囤也说，刚好，那我明天就不来了。丈夫要到外地开个订货会，让她一道去散散心。

于小鱼这天的画一幅也没有做成。画布是揉成一团又揉成一团。起身冲了一壶龙井，也是喝着没有滋味，喉咙倒是更干了。没有想到的是，正在他双手摁着桌面想入非非时，米小囤进来了。见鬼，他竟然没有关门——好像特意给米小囤留着门似的。米小囤刚刚走到于小鱼跟前，于小鱼就把米小囤拥入怀里。米小囤挣扎了一下，就双手环了于小鱼的腰。米小囤的秀发弥漫在于小鱼的脸上，于小鱼贪恋地嗅着，喃喃地说，小囤，我想你！

也许过了一千年吧，米小囤抽出她修长的手臂，在于小鱼泪流满面的脸上抹了一下，说，别伤感了，开始作画吧。那一天，他们竟然出奇的平静。于小鱼专门为米小囤做了梅、兰、竹、菊四扇屏。

米小囤再也没有踏进于小鱼的画室了。于小鱼试图在洛城的大街小巷碰到米小囤，结果却总是失望。

骑着单车去石坡

秋日的阳光很好，把一大片金黄的光芒撒在沿路的山坡上，河流里。山坡上的各种树木在秋霜这位大师的描绘下，呈现出金黄、血红、碧绿等等色彩，由这些色彩组成的图案更是变化莫测，神奇无比。

领队介绍新来的会员叫朱世玲。我心里哑然失笑，朱石领，该不会是水浒里的英雄吧？等朱世玲笑着和大家打招呼时，我才发现这是个似曾相识的女人，温柔中有些许腼腆。

这个双休日，我们的目的地是石坡。石坡距离洛城四十多华里，期间要翻一座庵沟岭。洛城到庵沟岭这段正好是全部历程的一半路程，几乎都是上坡路。我们的自行车队出发后，大家争先恐后地冲出洛城，向东一路疾驰。队伍过了麻坪桥，渐渐拉开了距离。

秋日的阳光很好，把一大片金黄的光芒撒在沿路的山坡上，河流里。山坡上的各种树木在秋霜这位大师的描绘下，呈现出金黄、血红、碧绿等等色彩，由这些色彩组成的图案更是变化莫测，神奇无比。潺潺流动的河水翻着金子样的浪花。嗨，你好！抬起头，那个叫朱世玲的女人从后边赶上来。你是老会员了吧？是啊，快两年了。朱世玲说，真羡慕你呀。又说，知道吗？我的老家就在石坡呢。像这样骑着单车回老家的感觉已经很遥远了。我说，是吗？提起石坡，我倒有个有关石坡的故事。也是有关单车的，想听吗？

朱世玲点点头。

高三那年，我们班转来一个女生，叫刘夏，高高瘦瘦的，两条麻花辫子吊在格子布衫前面，走路喜欢低着头，看不清她的真面目。起初，我并没有在意这个貌不出众的女生。注意到她是在期中考试成绩公布后。刘夏是我们班的第一名。当老师在讲台上公布了考试成绩和名次后，教室里响起"嘘——"的一片声音。太意外了，谁也没有想到，这个从石坡转来的，清瘦的、不善言辞的女生成绩会这么好？我特意留意了一下刘夏，她的头低得更低了。我坐的位置正好在刘夏的左后，能看见她的侧面。我甚至看到她的耳根已经发红。那时候，我心里某个地方"咂"地动了一下。

我开始把我的小说借给萧棉看。萧棉是刘夏的同桌。我唯一的优势就是作文写得好，课外书多。萧棉喜欢看小说，尤其喜欢看琼瑶的小说。萧棉曾经向我借了几次《窗外》，我都找借口婉拒了。

这次为了刘夏，我主动把《窗外》借给萧棉。我的小算盘是萧棉看小说时，刘夏肯定要看的，刘夏看了小说，肯定会感动，感动了的刘夏肯定要从萧棉那儿了解我。事实上，我这个计划是失败的。刘夏根本就不看小说，她只知道抱着书本死啃。

有一天上数学课，我看到刘夏在抽屉翻来翻去，急得脸红脖子粗。她的桌面上还是没有放上课本。萧棉说，刘夏的数学书丢了，不知是那个家伙嫉妒刘夏的成绩搞的鬼。我说，不要紧，把我这本给她吧。我正好不喜欢数学，也学不会。萧棉说，那怎么行？我说，你就别管了，我找一本用过的就行。谁让刘夏是我们班的第一名啊。她是我们班的骄傲哩。没有人知道，刘夏的数学书其实是我偷偷拿走的。

刘夏第一次向我绽开了微笑。我发现她的笑是那么美，纯洁、善良，充满母性的温柔。我冲她扬了下手，意思是没啥。我又拿起我面前一本旧数学书，说，我有呢。

那年寒假，我自告奋勇，留下值班。我们班只有四个同学，就睡在教室里。那时候，我们学校宿舍少，女生住在宿舍，男生大多在教室睡。下晚自习后，把桌子拼到一起就是床板。铺盖是从自己家里带来的，两个同学钻一个被筒。我留下值班后，大多时间是看小说。为了白天回家方便，我把二哥的自行车骑到学校了。我记得很清楚，那是大年初三的早上。那天早上一起床，我就想着，我要去石坡，我要骑着单车去石坡。我要去刘夏的老家看看。

没有人问我去哪儿？我在啃从家里拿来的两个冷馒头，去水龙头那儿喝了两口冷水后，打着饱嗝推出单车。从丰镇到洛城三十里，是下坡路。我的心情非常好，虽然沿路杨树的叶子已经落尽，虽然

一条自由飞翔的鱼

麦田里的白雪还没有化尽，虽然阳光也是惨白惨白的，可我心里的阳光很明媚很温暖。我是在一路歌声中到达洛城的。我没有在洛城停留，而是一直向北。洛城到石坡这段路在我的行程里是个空白。我是边走边问。那时候，从庵沟口到石坡还没有硬化路面，单车在砂石路上艰难的走着，走到庵沟岭半腰，我不得不下车推着它走。翻过庵沟岭，到商树。人已经筋疲力尽，问路人，石坡在哪？还有多远？路人指引，再往前走，过延河桥，往左手拐就到了。过了延河桥，还不见石坡影子。也不知走了多少路，单车终于进入一个两边都有房子的街道，看到路边有石坡供销社，才知道石坡到了。推着单车走到石坡街道尽头，又掉转头推到这边尽头，看着街道上零星的摊点，烧饼摊上冒出的热气，谁家房顶袅袅的炊烟，我忽然感觉到我是真的饿了。摸摸口袋，掏出仅有的两元钱，买了两个烧饼，喝了一碗稀饭。我的目光越过街道两边的房顶，在苍茫的山坡和天际间看看。我的心里喊，刘夏，你在哪儿？我来了。我到石坡了。

没有一个人回答我，连一只鸟儿也没有冲着我叫。

无意间一回头，我看见朱世玲的眼睛红红的，见我看她，她扬起手背，抹了一把脸，说，看我，都被你的故事感动了。我说，哈，不会吧？你说，我那时候咋就那么傻？来回一百四十里，累个半死，就为了心中的一个女孩子！

朱世玲说，是啊，我们那时候都傻。朱世玲又说，如果我告诉你，那个刘夏其实是她转学时用的名字，她的真实姓名是朱世玲时，你该不会吃惊吧？

喝豆浆

乌有道喝了一杯黄豆豆浆。这一喝，就再也放不下了。这个现磨豆浆吧的豆浆真像广告上说的，比咖啡更好喝，比牛奶更营养。这里的豆浆比以前喝的豆浆好多了，浓、香、鲜。喝在肚里，香在嘴里。

乌有道不抽烟，不喝酒，唯一的嗜好是喝豆浆。问题是，现在他连豆浆也喝不上了。

乌有道有个好习惯。每天早起，就去体育场跑三圈，倒着走一圈，再慢步走一圈。四十多岁的人了，没有所谓的"三高"，也没有"椎间盘突出"。做完了这些功课，乌有道就从体育场后门出去，在"来一碗"小吃店喝一碗豆浆，吃一根麻花。"来一碗"小吃店经营豆浆、麻花，馄饨、米线和水煎包子。乌有道雷打不动的是豆浆和麻花。麻花可以没有，豆浆是每天必喝的。乌有道一坐到铺塑料布的桌前，那个胖脸凸肚的女人就说，来一碗？乌有道说，来一碗。

这个冬天，乌有道心血来潮，没有去体育场，而是上了仓颉园。仓颉园西南，新建了市民健身乐园。乌有道在铺着青砖的跑道上跑了两圈，在各种健身器械上做了运动，又眼馋了几十人的健身操，看看太阳已经一竿子高，就开始下山了。

乌有道下了九十九级台阶，走过挂了红红灯笼的步行街，就要穿过朝圣门了，忽然发现，在朝圣门一侧有个小小门脸，门脸里面正对着大街的一面墙上，喷绘了一幅热烈的广告画，底色是粒粒饱满的黄豆、红豆、绿豆、黑豆和芝麻。在这些诱人的画面上呈扇形出现一行字"浓香现磨豆浆吧"。乌有道就是被这幅浓烈的画面吸引过去的。乌有道走过去，才看见这个小小的门脸前站了好多人，穿着时尚的年轻女子，穿臃肿羽绒服的老人。乌有道看到那个年龄稍大的女人正把泡好的黄豆倒进豆浆机里，加了水，摁了开关，机子就"突突"地工作，不到一分钟，新鲜的豆浆就出来了。柜台后边站的男孩手忙脚乱，一边给杯子里倒豆浆、扣盖子、插管子，一边收钱。

乌有道喝了一杯黄豆豆浆。这一喝，就再也放不下了。这个现磨豆浆吧的豆浆真像广告上说的，比咖啡更好喝，比牛奶更营养。这里的豆浆比以前喝的豆浆好多了，浓、香、鲜。喝在肚里，香在嘴里。

这个冬天，乌有道天天上山，天天喝豆浆吧的豆浆。有一天下山时，碰到以前在小吃店的"豆友"——那个满头白发的老头喊他，走，去"来一碗"，好长时间没有见你了。乌有道说，我现在是"来一杯"了。就义务介绍了浓香现磨豆浆吧的豆浆，硬是拉了"豆友"去喝豆浆吧的豆浆。

这一天，乌有道买了豆浆，才走两步，忽然看到豆浆吧隔壁墙上贴了一张招聘启事。细看了，知道是豆浆吧招服务员，月工资1000元。乌有道回到家里，无意间给老婆说了那个招聘启事的事。工资挺高的。乌有道说。在这个小城市，无论是饭店还是超市，招聘员工基本工资都不会超过600元。乌有道老婆就说，我去问问，真要是那样的话，让囡囡去。囡囡是他们的小女儿，今年上高一，马上就放寒假了，正嚷着说今年寒假打工啊。

囡囡还真就在这个豆浆吧上班了。

囡囡上班的第一天早上，乌有道照例去喝豆浆。乌有道端了囡囡倒的豆浆，把一元五角钱递进去。囡囡喊了一声"爸"。乌有道说，收你的钱。转身就走了。老板问囡囡，那是你爸？囡囡说，是的。我爸给钱了。老板说，第一次见，不认识。

乌有道第二次去喝豆浆时，人不多。老板亲自给乌有道倒了一杯豆浆。乌有道把钱递进去，老板说，不收钱。您昨天来，我真不认识。乌有道说，咋能不收钱呢？我有钱。说着把钱放进柜台里面，转身就走。晚上，囡囡下班回来说，爸，我老板给你倒豆浆用的是我们内部杯子，不计数的，所以不收钱。你走后，他把钱又给我了。

乌有道说，那咋行？你明天把钱给人家。不收钱，我以后还咋去喝豆浆啊？

再去喝豆浆时，乌有道就提前把一元五角钱掏出来，豆浆还没有倒出来就把钱递进去。老板就是不收。还是用内部杯子倒了满满一杯豆浆递出来。乌有道说，你不收钱我就不喝了。老板只好收下钱。那天晚上，乌有道上厕所，无意中听到刚刚回家的囡囡和老婆谝闲传，囡囡说，我老板那人就是好，我爸喝豆浆的钱，他又给我了，还不让我给我爸说。乌有道就暗叹一声。咬咬牙，下了一个决心。

第二天，乌有道再也没去豆浆吧喝豆浆了，而是去另一家豆浆吧喝了一杯。遗憾的是这杯豆浆和囡囡打工的那家豆浆味道差远了。

晚上囡囡回来专门找了父亲，爸，我老板说了，咋不见您去喝豆浆了？你喜欢喝就去喝，他照样收你的钱就是。乌有道说，你老板的好心我领了。孩子，我是不想让人家说女儿在那，我就去蹭白食啊！

乌有道再也没有去囡囡打工的豆浆吧买豆浆。但，乌有道喝豆浆的嗜好并没有丢。囡囡知道这其中的原委，只是再也没有在父亲面前说破。乌有道的小聪明早被囡囡的老板识破了——那个替乌有道买豆浆的老头每次拿出来的杯子其实都不一样，一个是计数的，一个是不计数的。一个收钱，一个不收钱。当然了，钱还是囡囡保管着。

有一天，囡囡问老板，我打工你给我开工资，我爸喝豆浆的钱你为啥不收啊？老板说，做生意是做生意，做人是做人。这是你父亲教给我的道理。

世外桃园

展现在人们面前的是几株不仔细看分辨不出来的野桃树。在这些桃树周围，更多的还是松树和灌木。导游说，这就是传说中的世外桃源。遗憾的是现在是夏天，错过了花期。要是春天来了，满园的花香啊！

终于登上云蒙山顶了。

导游说，云蒙山是我县境内海拔最高的山脉，登高远望，南可俯视洛河，北可遥望华岳。正在这时，从仅存的破庙里走出一个山民，招呼大家进庙喝水。进了院子，先进来的人已经端了大海碗，做影视剧里土匪大腕喝酒状，豪爽。

喝了水，补充了体力和精力，这些城里来的文化人在前后殿之间的废墟上，天井旁，站的、坐的，还有蹲的，互相拥抱的，照了合影。就在大家嚷着要下山时，导游忽然说，差点忘了，世外桃源还没去呢！看到反应寥寥，导游又问一句，有去世外桃源的吗?

就有几个人打开上山时人手一页的导游图，果然在磨斧石、试斧石、练功场、舍身崖……景点后有一个世外桃源。只是经过长途跋涉后，这些男男女女都累了，有人就问，世外桃源还有多远？导游说，不远，也就三四里地吧。问的人就吐了一下舌头。但还是有人跟着导游走了。

跟着导游走的包括李眠。李眠是洛城写小说的，是那种写得不多，发得也不多，在洛城文化圈可有可无的人物。李眠本来也不想去的，四十多岁的人了，体力和精力是大打折扣。无奈和他一起来的女儿拽了他的衣袖说，走吧，已经上来了，不看回去后悔。

从祖师殿往后，根本就没有路，李眠和女儿在导游后边小心翼翼地踢在松针上，砾石上，攀着树，扒着石头，下了一个坡，上了一个坡，转过一个弯，又转过一个弯，绕过一片乱石，穿过一片林子……在李眠的意识里，走了五里路都不止。正在李眠埋怨女儿时，导游喊，到了！世外桃源到了。

展现在人们面前的是几株不仔细看分辨不出来的野桃树。在这些桃树周围，更多的还是松树和灌木。导游说，这就是传说中的世外桃源。遗憾的是现在是夏天，错过了花期。要是春天来了，满园的花香啊！李眠的头脑里就显现出满山遍野粉红色的桃花。可一转眼，

一条自由飞翔的鱼

就被眼前这几株夹在松树、灌木中的桃树弄坏了好心情。导游还在那儿讲沉香偷了世外桃源的仙桃，献给母亲三圣母，三圣母一下子变得年轻的传说，李眠已经拉了女儿走上返回的路。

李眠和女儿返回祖师殿，祖师殿里面已经没有人。问殿里面的主持，说已经下山了。李眠看看身后，有一个穿兰格白底短袖的男人跟上来，就打招呼，下山吧？男人问，他们呢？李眠说，早下山了。男人说，下山。李眠和女儿走在前面，男人走在后边。男人说，好累。李眠懒得说话，没接茬。男人又说，什么世外桃源，糊弄人的。李眠还是没有说话。女儿说，看景不如听景啊！男人接话，是啊，不看后悔，看了还是后悔。李眠很赞同这句话，想说一句，传说都是骗人的，骗三岁小孩。话到嘴边终于没有说出口。女儿说，对于没有看到的人来说，当我们谈到世外桃源的时候，他们才是真正的后悔。

说着话，李眠他们已经下到山中间沉香练功场了。女儿说，看，这就是我们刚才上来时拍照的地方，那一片花海啊！在这片山中少有的平坦地儿，长满了齐腰深的花草，那些黄色的、紫色的、白色的小花，指甲盖大小的花儿开的遍野都是。女人们躺在花海里做各种搔首弄姿状，男人们屁颠屁颠地握了相机抓拍女人的美艳。李眠瑶瑶头，这一切都是过往，都是过眼烟云。

女儿说，我饿了。李眠说，你这一说，我也饿了。男人就说，走快点，我们下去吃樱桃。上山时，刚走进山口，导游就指着坡跟的樱桃树说，看见了吗？这些树上的樱桃，多红啊！大家尽管吃。只是不要兜着走啊！最后这一句，导游是调侃着说的。有女人就说，哪敢兜着走啊？弄湿了口袋还要洗衣服呢。有个男人接话，弄湿了上衣不要紧，千万不要弄湿了裤子啊。有人反应过来，就放肆地大笑。一人笑，大家都笑。笑的是男人，女人不笑。忍着。李眠正在回忆上山的情景，女儿喊，樱桃沟到了。李眠抬头看去，前面不远，有两个人正在樱桃树下折了枝条在吃樱桃。到了跟前，是洛城写诗画画的两个女子。很年轻、很妖艳的两个女子。李眠他们还没站稳。那边就招呼，嗨，来吃樱桃。李眠身后的男人大声应到，来了！你们没去世外桃源啊？那边应到，没有啊。太远了。累死了。李眠忽然有了说话的冲动。李眠说，你们没去可要后悔一辈子了。世外桃源啊！多美的景致。那两个女子就惊讶，真的吗？李眠说，可不是真的！谁还哄你们不成。上了云蒙山，不去看世外桃源，就等于没上云蒙山啊！好大一片桃林啊。碧绿葱茏。要是春天，漫山遍野的桃花，粉红色的，像天上的云彩一样，那才叫美呢！女儿抬起头，很惊讶地看着李眠。就连身后的男人，也露出怀疑的目光。

吃樱桃的女子，停住了手上、嘴上的动作，在李眠生动、夸张的叙述里，脸上露出后悔莫及的神情。

那天晚上，李眠打开博客，上传了几张这次采风的照片，就要点"发表"了，QQ里有一个企鹅头像忽然跳出来，嗨！做了个妩媚的表情。这个企鹅的昵称正好就是世外桃源。李眠想了想，把这个企鹅拉进了黑名单，不到一秒钟，彻底删除。李眠取消了上传照片的动作。传说都是假的。李眠在心里说。虽然很美。

第二辑　散文卷

分类导读：朋友读我的文章，说小说和散文分不开。小说里有散文的成分，分不清是真是假？散文里有人物和故事，很美的小说似的。我说，小人物的散文就是家长里短，贵在情真。私以为：小散文不能仅占花草山水，一定要有人间真情在。能引起读者心理共鸣的散文就是好散文。

丝瓜花开

男人就在丝瓜架下留恋了很久。他的相机里存满了很多有关丝瓜的图片。那天晚上，男人来到网吧，把这些图片发给远方的朋友。男人说，丝瓜花开，幸福满园。来吧，幸福其实就是这样的简单。

丝瓜藤蔓绕着电线、绕着铁丝、绕着竹篱笆疏密间隔地爬满了体育场的一角。那些开在枝头的花儿，黄得鲜艳。阳光还在楼房的后面，绿意充满的一角因了这些灿烂的花儿便充满了阳光的亮色。

钢筋水泥砌就的楼房在这些花儿的映衬下也有了生气和活力。和楼房形成明显对比的是楼房跟那三间红砖砌就的低矮的小屋。小屋被丝瓜罩着，被豆角围着，被西红柿、茄子、辣椒、葱、韭菜拥着，小屋一下子充满了诗意和温馨。

从小屋走出来的男人个子不高，穿一件绿色的 T 恤，裤管一边高，一边低，脚上是一双看不清颜色的拖鞋。男人拿起靠墙的扫帚，在小屋前面，丝瓜底下、豆角前面一下一下清扫地上的垃圾。那些雪糕袋子、饮料瓶子、方便面袋、速食品盒子在男人的扫帚下，快速地聚拢到一起。一个打球的男人，穿一件白色背心，满头大汗地去丝瓜架下的压水井边，压出清洌洌的水，先饱饱的喝够，然后掬起大把的水洗脸。穿背心的男人洗罢脸，抬头看到穿绿色 T 恤的男人正在支桌子，就喊："二梁，又摆开战场了。"叫二梁的男人一笑，黑的脸上露出白的牙齿，"是啊！是啊！打球哩？"穿背心的人就说，"你啥时候钱能挣够啊？"

二梁的口音不是本地人。熟了，才知道他是西安人，来洛城十一年了。先是在体育场一角承包了一块地，安装了小火车、动力飞船、奔马、碰碰车、蹦蹦床……开了一家儿童乐园。逢年过节时候，这儿就是一块快乐的海洋。孩子的笑声、欢呼声、爸爸妈妈的呵护声把这个角落打造成一片幸福的乐园。二梁和媳妇也在这一片欢乐的海洋里满足着，幸福着。过了几年，小城人民路开了一家室内儿童乐园，仓颉园上也开了几家游乐场，二梁的游乐设施经过几年的经营显然已经落后了。生意开始清淡下来。媳妇就和二梁吵，和二梁闹。媳妇最后回西安了。媳妇有借口，孩子大了，要给孩子一个好环境。二梁有一个女儿，在上初中。

　　二梁不走。二梁说，西安那地儿大，做生意本钱大。他没本钱，做不了。再说，西安那地儿空气也不好。哪有洛城这里的蓝天啊？生意不好了，开销明显就大了。尤其是菜价一天一个样，西红柿两块钱一斤，葱五角钱一把，一把五根。二梁就在房前屋后，游乐场周围种上白菜萝卜、豆角辣椒、西红柿、茄子。那些豆角、丝瓜顺着房子伸到蹦蹦床、动力飞船的电线、围绕火车铁轨的铁丝网攀爬着，蔓延着，小屋、游乐场就被一层绿色覆盖了。二梁注意到洛城这两年开的老年活动中心多了，说是活动中心，其实就是麻将馆。那些上了年纪的人，闲着没事，就聚在一起，拿个小彩头，消磨个时间。二梁就在丝瓜棚下、豆角架旁支了小方桌，搬几块干净石头、几张自己钉做的小木凳，摆了几桌麻将。来体育场休闲、锻炼的老头老太就坐在了这绿荫下，打起了麻将。没有了钢筋水泥房子的约束，这些老头老太更是放松了心情，玩得不知早上黄昏。

　　二梁看着摊子支起来了，顾客也稳定，就买了冰柜，进了饮料和雪糕、冰激凌。天气好的时候，也有孩子来这儿玩耍。蹦蹦床上跳得满头大汗，必要来买雪糕和冰激凌。那些打牌的老头老太坐上桌子就喊拿瓶饮料。更有那跑步的、打球的，人手一瓶水，还不能解渴。这个秋天，二梁的媳妇来了。媳妇的脸上带着笑，很满意、很幸福的笑。媳妇说，二梁，不错嘛。我们应该再进点烟、酒、方便面、锅巴、火腿……

　　小屋、火车道、蹦蹦床、动力飞船、木马、碰碰车、牌桌、冰柜，丝瓜、豆角、西红柿、茄子、辣椒、韭菜，还有那个汩汩冒出清冽冽水的压水井、那个放在门前的铁桶、跑来跑去的小土狗……这一切，构成了二梁的王国。在二梁的王国里，丝瓜花开，火车鸣笛、狗儿欢叫，牌桌上嬉笑打骂、蹦蹦床上欢声笑语。二梁的王国，是欢乐的王国。二梁把欢乐带给别人的同时也把欢乐留给了自己。

这一天早上，二梁的王国来了一个背相机的男人。男人的头发留得很长，高高瘦瘦的，穿着搭扣中式对襟衣服。男人对着二梁的王国那些黄的花儿、那些绿的丝瓜、红的西红柿、紫的茄子拍了一阵。男人走到压水井前，压出清洌洌的水，喝一口，说，好甜！二梁看到了，走到男人面前，"听口音您是西安人吧？啥时候来的？"男人也听出二梁的口音是西安人，就很惊讶，"你住在这儿？"二梁说，我就是这一片天地的主人。男人就惊讶了，这一片天地，是啊，天是蓝的，云是白的，花是黄的，地下的草、园子里的菜是绿的。还有打牌的，玩耍的人都是快乐的。男人对二梁说，你一定很幸福吧？二梁说，我的确很快乐。

男人就在丝瓜架下留恋了很久。他的相机里存满了很多有关丝瓜的图片。那天晚上，男人来到网吧，把这些图片发给远方的朋友。男人说，丝瓜花开，幸福满园。来吧，幸福其实就是这样的简单。

二梁不知道，他的丝瓜拯救了一个爱情，更拯救了一个生命。

半个苹果的爱

男人呢，那个不懂得说"我爱你"的男人还是那样，早上起床，洗了脸、刷了牙，男人就把早就凉好的白开水倒出半杯给她；出去

一条自由飞翔的鱼

锻炼前，必在厨房洗一个苹果，然后用刀从中间切成两半，把一半给她。

　　十八岁的时候，她恋爱了，轰轰烈烈的三年，却没有成正果。

　　二十四岁的时候，她结婚了，和大多数人一样，第二年就生了女儿。因为想要个顶门立户的男孩，就离家出走，漂泊他乡。第三年，她又生了个女儿。心里不服气，还要生，就把二女儿寄养在娘家。结果第五年生了第三胎，还是个女儿。这时候，二女儿因为身体不好也回到了她身边。看着扎羊角辫的大女儿在门前玩泥巴，看着刚刚扒了床沿挪步的二女儿和襁褓中的三女儿，她绝望了。男人说，把这个女儿给别人吧！她不舍，养了七个月，还是给人了，说，要认，如果不让孩子认父母就不给。领养的人家说，孩子给我们叫爸叫妈也给你们叫爸叫妈。她把大女儿放到老家，和男人、二女儿去了山外。

　　在豫东那个出产金子的小镇，沿街买了个摊位，打烧饼、卖棍棍面。下雨了，孩子放在钢丝床上，钢丝床放在摊位后的过道里；天晴了，孩子就放在摊子边的椅子上。晚上收摊迟，就把孩子一个人放在租住的房子。有时候，收摊太迟，干脆就用塑料布蒙了摊子，在卖饭的案板上过一夜。下雨了，雨点落在塑料布上，澎！澎！澎！像鼓槌敲打在鼓肚上；刮风了，打雷了，闪电了，她和男人搂抱在一起，嘤嘤地哭出了声，她边哭边说，跟了你，罪就受够了！啥时候能活得和人一样啊？哭归哭，埋怨归埋怨，天晴了，下雪了，她还是和男人在异乡的街道上卖饭。大年初一，人家都在穿新衣、过新年，她和男人却在街道卖米线。人家过年买鸡是自己吃，她买鸡是给别人吃——为了多赚一点钱，为了摆脱逃避计划生育而带来的困境。在结婚后的第六个年头，她又生了，还是个女儿。来看孩子的亲戚说，你是板凳腿的命，第五个肯定是儿子。亲戚走了，她对男人说，我再不生了。我不是生娃机器。没儿子就没儿子。她自己去医院做了节育手术，和男人回老家县城做起了小生意。

第四个女儿到最后还是给别人领养了。她还是那句话，要认孩子。

四十岁的时候，她终于在县城有了自己的房子、自己的摩托车、自己的电脑，两个女儿也都上高中了。两个店，一个童鞋店，一个童装店。生活终于安稳下来，是那种往前比咱不如人，往后看人不如咱的光景。早上去小城南边的游乐园健身，然后开门营业、晚上关了门，要么去山上散心、要么去超市买水果点心。生活就是这样的平平淡淡，不起一点波澜。看电视剧的时候，电视剧里的女人那样浪漫、有激情。她总是埋怨自己的生活寡淡如水，埋怨男人不懂爱情，自己一辈子就是受苦，没有享福。

后来，她学会了上网。在网上认识了一个叫"爱你一万年"的男人。男人一上线就说"我爱你！"。四十岁的女人心海竟然涌起惊涛骇浪。四十岁的女人用手抚了脸，热热的，如火。她就开始迷恋上了上网，偷菜、聊天、在网友的甜言蜜语里陶醉。爱上了网络的她渐渐对男人冷淡了。

男人呢，那个不懂得说"我爱你"的男人还是那样，早上起床，洗了脸、刷了牙，男人就把早就凉好的白开水倒出半杯给她；出去锻炼前，必在厨房洗一个苹果，然后用刀从中间切成两半，把一半给她；上仓颉大道时，因为坡度大，她总走在男人后边，男人上了一半，必要站在那儿等她；晚上临睡前，男人把订的鲜奶热好，倒出半杯给她，她说，那是给你订的，我不喝，男人说，喝吧，营养品喝多了不吸收。

有一天，那个"爱你一万年"约她出去，她没有，那个男人就从他的 QQ 好友里消失了。她好像病了一样恹恹了好几天。男人还是半杯水，半个苹果、半山坡上等她、半杯鲜奶硬要让她喝。

那天，她百无聊赖地翻开床上一本男人看过的杂志，目光所及是一篇"只爱一点点"的文章。从来不喜欢看文章的她竟然把那篇文章看完了。文章里说，只爱一点点，像观音菩萨用柳枝蘸仙水那样，一点点就够了，一多就泛滥了。她忽然就想到了男人的半个苹果、半杯水、半杯奶，还有男人在半山坡上等她。原来这么多的"半个"就是爱啊，是实实在在的爱。那个说"爱你一辈子"的男人其实说的全部是谎言。爱，只需一点点，一生只需一点点。就像男人的半个爱，永远。

洗书记

书们是幸运的。因为洗书，每本书都要从手里过，多年没有翻到的书，都在我的手里温暖一回。翻翻书目，看看定价，有兴趣了还要随便翻翻内容。读到多年前在扉页留下的文字，当年购买这本书的情景仿佛还在眼前，一本书就是一个故事，书里是别人的故事，书外是自己的故事。

书们是幸运的。

在古历五月十六的灾难中，距火源咫尺的书柜玻璃全部爆破，柜子的上檐漆皮全部剥落，而整柜的书，包括杂志，孩子的相框、玩偶都完好无损。火灾过后，面对整个房间的满目疮痍，烧成一堆灰的洗衣机，辨不出颜色的木箱，烧得变形的铝合金窗子，熏得乌黑的墙壁，心下怆然。用榔头敲掉破碎的书柜玻璃，看到书们安然无恙，轻轻舒一口气。

书们又是不幸的。

火灾中的烟尘无孔不入，从上到下，书缝里，书的勒口，浅灰、灰直至黑色。严重的已经看不出书的名目。在灾难后的一段时间里，我几乎每天睁开眼，就抱出一摞书，站在阳台，一本一本洗书。先是拍打，然后用干毛巾擦拭，最后用蘸了水的毛巾一遍一遍擦拭书的封面、勒口、封底。塑封书最容易清洗，遇到油烟严重的只需要蘸一点肥皂，轻轻擦拭，再用清水擦拭就很干净。最难的是以前收藏的书，价格便宜，从几角到几元，书价让人看了感叹一声，而纸质的封面，越擦拭越脏，时间稍长或者稍用力就损坏了封皮，擦掉了字迹。这样的书没有一点办法恢复原貌。叹息一回。心疼一回。

书们是幸运的。因为洗书，每本书都要从手里过，多年没有翻到的书，都在我的手里温暖一回。翻翻书目，看看定价，有兴趣了还要随便翻翻内容。读到多年前在扉页留下的文字，当年购买这本书的情景仿佛还在眼前，一本书就是一个故事，书里是别人的故事，书外是自己的故事。因为洗书，还忆起一些朋友，一句话、一行字、一个漂亮的书签都会引起一段美好的回忆。

书们又是不幸的，无论我再认真地、不厌其烦地擦拭、洗涤，书们都不能完全恢复原貌。就像一件雪白的衬衣，穿过了，就再也洗不净到原先的白。这些略有瑕疵的书们，被我重新排列整队，委屈的居于阳台的柜子、台板，新打的衣柜——只有等到房子装修好，他们才会重新回到书柜。这些垂头丧气的书啊，等到再回书柜时，我将再一次给你们打理卫生。这些书，这些杂志、这些玩偶，虽然无残缺，但还是损了。

覆巢之下，安有完卵？

这些不幸的书。

这些幸运的书。

这些我生命里的书。

我爱你们！

穷人的富贵病

半年过去了，男人的气色明显好多了。男人和女人又一次来到西安。检查结果出来，医生惊讶地望望男人，又望望女人。医生说，奇迹，真是奇迹。

男人是在一次偶然的体检中得知自己得了乙肝。男人问递给他化验单的白大褂，这病要紧吗？白大褂说，最好去西安正规医院看看。

男人就和女人来到了西安。医生在给男人望、闻、问、切，女人在一边絮絮叨叨地给医生说男人的病情。医生把了男人的脉，翻了男人的眼皮，又让男人把嘴巴张开，看了男人的舌头，又拿起男人的手掌摩挲了。末了，医生说，是有点严重。最好去做个检查。医生开了个单子，男人就拿了单子上二楼。

下午，男人和女人重新来到医院。化验单出来了。男人看不懂，女人也看不懂。医生说，大三阳，HBV-DNA 单位很高。医生说，最好住院。男人看看女人，说，医生，最好不住院。我们家还有两个上学的孩子要人照顾哩。医生说，那就这样吧，药和针带回去用。记住，针剂要放在冰箱里冷藏。男人说，知道了。谢谢医生。

掏了一大笔钱，男人和女人拿了一大包药。就要走了，医生对女人说，这是富贵病，知道什么叫富贵病吗？顾名思义就是富人才可以得的病，得了这种病的人不要劳累过度，尽量不要惹他生气，营养要好，还要支付高额医疗费。所以家里的事以后你就要多操心了。

男人和女人在小县城农贸市场租了个台板，另外支了一张单人钢丝床，卖帽子、手套、护膝、袜子等小么零碎。两个孩子，男孩，一个上高中、一个上初中，正是花钱的时候。每天他们要把货物搬出去，晚上还要搬回来。置家过日子，两口子少不了磕磕绊绊。他们的伙食永远是早上糊汤晌午面，一成不变，谈不上营养，只图个温饱而已。他们是穷人，不是富人，但是，这个穷人的家庭，一家之主，现在得了富贵病。不但要支付高昂的医药费，还要少劳累、少生气、营养好。

回到租住的房子，男人的天一下子塌下来了。每天的药费就高达70元，那个小摊点的收入都不够支付的，更不要说孩子的学费、生活费。

一条自由飞翔的鱼

男人对女人说，是我害了你！这以后的日子咋过啊？女人说，富人过，穷人也要过。

每天天不亮，女人就开始一包一包从二楼往下扛货物，男人睁开眼，看到女人蓬乱的头发，灰扑扑的衣服，男人的眼窝就热热的，男人说，我来吧。女人说，医生说不要你累着，你就少动啊。白天，女人给男人搬一把椅子，让男人坐那儿，女人说，你只用眼睛给我盯着就行，小心货物丢了。男人就生气了，你真把我当富贵人了，我没事。女人说，注意啊，医生说你不能生气的。以前，女人烦了，和男人美美吵一架，心里一下子就释然了。可是现在不能了，女人没有了发泄对象，就把气撒在孩子身上，孩子大了，不生妈妈的气，反过来逗妈妈，妈妈，你是不是到更年期了？女人要给男人补充营养，就去市场买了一大块肥肉，红烧肉端上桌了，大儿子忽然说，爸，你吃不得的。我上网查了，你的病不能吃肥肉。女人就说孩子，胡说，是不是你想吃啊？小儿子说，妈，是真的，我也上网查了，我爸的病不能喝酒，少食辛辣食物。补充营养最好是瘦肉和鲜奶。那一天，女人在街道见到一辆送鲜奶的脚踏车，就给男人订了鲜奶。一袋，每晚一袋，只给男人喝。

半年过去了，男人的气色明显好多了。男人和女人又一次来到西安。检查结果出来，医生惊讶地望望男人，又望望女人。医生说，奇迹，真是奇迹，你的HBV-DNA已经恢复正常，肝功各项指标也已趋于正常。知道吗？上次和你们一起来的那个男人已经肝硬化了，人家可是富人啊！

男人望着女人，满脸是幸福的表情。

大肚佛

　　这尊大肚佛，我供奉在我的书桌上。每日看着它，用以自勉和自省。

　　谁也想不到，包括我，穿城而过的砚川河里竟然能淘出这样的石头。

　　这条河原本是一条川流不息的河，虽然它的河流不是很大，虽然它的河水不是很清。但它日夜不息地流着，春夏秋冬地淌着。岸边有依依的杨柳，水边有绿绿的青草。天气特别好的时候，宽阔的河面还会倒映出蓝天和白云。更让小城人惬意的是，夏天的傍晚，小城的年轻夫妻，会领了孩子，去河里淌水，水里有细细的沙子，有或白或黑的石头。大如磐石，可坐；状如小狗，可唤；更有那细白如玉的鹅卵石，握在手心，温润，安适。看着养眼。

　　这样的时光已经离小城人很远了。

　　不知什么时候，小城的河流已不再流淌，小城的河已不再叫河，叫坝。人们用块石和砂浆把河箍起来，用橡皮坝把河流堵起来。用白玉栏杆把河围起来。于是在小城，再也没有了穿城而过的砚川河，没有了春天淙淙的流水声，没有了夏天夜里的蛙鸣，那些碧绿的水草、那些黑白分明、形态各异的石头只能是小城人梦里的童话。

　　这个夏天，小城的官员心血来潮，要改造横跨砚川河上的一座桥。

一条自由飞翔的鱼

施工队住进河道后，河道里的橡皮坝都瘪了形象，似几条死蛇匍匐在黑泥渲染的河床。几场暴雨，河又展示了它富有生气的一面。雨过天晴，渐渐清亮的河水里露出了各色各样的石头，水边的河床里也长出绿绿的水草。从施工队撕开的护栏处，小城的男男女女又可以下河了。小孩子挽了裤腿，脱了箍脚的鞋，在河水里尽情嬉戏；大人坐在河边突出的石上，或者洗衣服，或者和同样坐在河边的人说小城轶事。就有叫不上名字的小鸟在水上、在草间起飞、鸣叫；在小孩子的惊叫声里，大人看见有几尾小鱼，围着小孩的白嫩的小腿在啃。

这个夏天的晚上，小城的男人女人、小城的孩子又一次听到了蛙鸣。

一天早上，一个男人，来到河里。男人站立在河边突出的石上。这个时候，一缕阳光忽然照在男人面前的河水里。金色的点子在男人的眼前一闪一闪。在这一闪一闪之间，男人的目光忽然被一块石头吸引，这块石头通身闪着金色的光芒。男人定睛看定石头，捡起来，放到另一块石头上看了，男人脑海里冒出的词句是"大肚佛"。真的，这真的是一尊挺着大肚子的佛呢。你看它自信、自尊的肚子。男人脑海里紧跟着冒出的词句是一副对联"大肚能容容天下难容之事，开口就笑笑世上可笑之人"。这副对联记忆里是四川乐山大佛的对联。不很准确。男人最喜欢的是对联的上联。包容、大度，而下联就有点自大、独尊的意味了。按男人个人的境界，倒喜欢这尊大肚佛了。这尊佛突出的是"大肚"，隐藏的是"可笑"。

这个男人是我。

大肚佛，得来不易。如果这条河不再现身，就永无面世之日。

大肚佛，得来易。得来全不费功夫。

这尊大肚佛，我供奉在我的书桌上。每日看着它，用以自勉和自省。

养　石

石头就是石头，不论它是什么形状，终归是石头，不同的是观石人的心境。佛说，旌不动，动的是人心，就是这种境界。

三年前，我在晨跑的时候，于路边荒草乱石中见到一尊顽石，黑不溜秋，黑色中现出或横，或斜，或断，或连的白色脉络。抱起来，挺沉，足有十多斤重。在石的底部有一个小小的平面，故而可以竖起来。石的上部比下部大，又斜斜的，却欲倒不倒，远看着像一尊黑岫岫的山兀自拔地而起，独立着，凝重、浑厚、险峻，给人一种安神的感觉。就扛在肩头，回家摆在了客厅。

妻子说："搬那么蠢笨的石头回来干啥？孩子不小心撞倒了，把家具都砸坏了。"

我说："那是一座山，山岂是孩子能撞倒的！"

我就买了一个做盆景的底座，竖了那尊顽石，覆了一层泥沙，浇了一勺清水。到了春天，那盆景的地面竟绿绿的有一层苔藓了。而那尊笨石越是现了一种凝重，有了山的气势。

去年夏天，我装修了房子，就于客厅购置了几盆花草，一个鱼缸。

鱼缸里，我也去河里拣了几个形色各异的石头，有黑色带黄纹如龟之石，有土色棱角如塔之石，也有白色玲珑如兔之石。也撒一层青色的细沙铺底，三、五尾红色、黑色的金鱼悠然嬉戏，很有一番闲情逸致。

电视机柜上，吉他前面是一状如卧狮的金黄色石头，象征安祥、和平；而我案几上，那盆文竹的绿荫下，是一棕色如碗大的圆石，再叠放着一枚如鸡蛋大小的棕色圆石。圆上加圆，是一种圆满，一种生活的期望——圆满是一种幸福啊！

前几天，见两人从摩托车上风风火火的下来，于后座上取下几块石头，造型如塔、似钟。围观者都称奇。那人就很得意，说是从很远的洛源弄的，有人给二百元都没卖，他要五百的。围观者就都砸嘴，说真值钱呀！

拣石的人多，观石的人亦多。一块石头，观看的人多了，观点就多了。有人说这块石头能卖五百元，有人说给一千元也不卖！第三个人却说一文不值。

石头就是石头，不论它是什么形状，终归是石头，不同的是观石人的心境。佛说，旌不动，动的是人心，就是这种境界。就比如看一幅意大利文艺复兴时期的油画，有人看的是人体无与伦比的美，这种美足以征服整个世界的野蛮与洪荒；有人看的是女人的裸体，看的入神，连眼睛也直了，涎水掉下也无知觉。画还是那幅画，观者心境不同而已。

养石，外表看是观赏石头，骨子里养的是一种心性。

干枝梅

朋友就惊叹这盆花的骨气：它是不在乎人们对它的轻视、议论、甚至诽谤，它只是用自己的方式生活着，奋斗着。只有成功了，就会受到人们的承认与尊重！

去年春天，有一个老头手拿两枝尺把高、光秃秃的枝丫，说是花苗，卖的就剩这两枝了，便宜卖。妻就和另一个过路的人一人买了一枝，五角钱。

因为忙，那枝"花"放到了门市部的门角，竟然被遗忘了。一个礼拜后发现它，周身已皱巴巴地起了皮。妻说：怕是死了，扔了算了！我说：咱有花盆，栽了它，是死是活看它的造化吧。到河滩弄了一花盆土，把那枝"花"儿栽下去，让孩子舀了一勺清水浇透，就又放到那门角了。三月里一天，我们正在吃饭，上四年级的小女儿忽然惊呼：爸、妈，花儿活了！我们走过去，那枝花儿竟在人们不管不护的境况下兀自长出了新芽！

我们都佩服了这枝叫不上名的花儿的生命力了。

到了夏天，我们装修了房子，布置客厅的时候，我特意掏十八元买了一盆棕竹，十五元买了一盆玉树，二十元买了一盆铁树放在客厅的边角，十元买了一盆文竹置于我写作的案头。唯有一盆自生自长的洋樱桃和那盆无名之花（夏天了，仍是四个枝丫，几片绿叶），我觉得放在客厅有伤大雅，就把它们搬出客厅，放到孩子们的卧室。

整个夏天和秋天，因了我掏八十多元买的花儿，客厅里充满了郁郁生机。客人来了先是称赞我客厅的氛围好：一幅《清明上河图》古色古香，高雅气派。两张条幅《难得糊涂》、《学海无涯》可见主人的文化品位。接下来就称赞那几盆四地季长青的观叶花，棕竹的高贵，铁树的坚强，玉树的富态，还有文竹的飘逸……

这时候，我就更看轻了那盆无名之花了。秋末，它的叶儿全部脱落，只剩四枝长了一年的小丫，在小枝丫的头部长着淡绿色的果实样的圆盘，有大拇指甲大小。没有花，连叶也不长久，真是身贱只值五角了。

时候已进入"三九"之天，客厅里的花儿叶子已不再充满生机，只是那样的绿着，死气沉沉。而奇迹就在这时出现了：放在孩子卧室的那盆无名之花，却在最严寒的冬季开出了最美艳的花儿！先时向东的那个枝头，原来淡绿色的圆盘上，现在正绽放出无数排列整齐、像千万只小喇叭一样花儿。亮亮的黄，高贵、典雅、不俗。三、五天后，那西、南、北三方的枝丫都相继绽放了美丽的金黄的花儿，像四朵不带花边的向日葵，热烈地开放着！

朋友来了，我领他们专门观看了这盆与众不同的花儿。朋友就惊叹这盆花的骨气：它是不在乎人们对它的轻视、议论、甚至诽谤，它只是用自己的方式生活着，奋斗着。只有成功了，就会受到人们的承认与尊重！

有朋友就说：这花儿我认得的，叫干枝梅！

放 手

男人的脑海里忽然浮现出电视里那个讨厌至极的广告画面，那是一个白酒广告，品牌是"舍得"。男人自嘲地摇摇头，脸上浮现出久违了的微笑

一个天气很好的早上，红红的太阳正从体育场东边的楼房后徐徐升起来，给早春的体育场上洒满暖暖的阳光，梧桐树露出嫩嫩的浅黄色的树芽，足球场上的草儿争先恐后地从沙子、泥土里冒出来。

一个男人，四十多岁的样子，灰衬衣，深蓝色西服，站在太空漫步机上很久了。他一边有一搭没一搭地岔开双腿做前后运动，一边看着不远处那个女孩。女孩也就十七八岁的模样，粉红色的休闲衫在春天的阳光里热烈地张扬着，女孩的头发很好，笔直地、飘逸地在女孩的脑后泛着金子样的光芒。女孩的两手抓着太极推手器的把柄，把脑袋歪在推手器鹅黄色的转盘上，偶尔也斜男人两眼。

男人看着女孩，心里想，你该下了吧？健身器械是让市民健身的，你怎么能趴在上面睡觉呢？玩够了就该下来，让其他人去健身啊？

但女孩似乎并没有下来的意思。女孩只是抬起了头，又开始转动推手器。转动的幅度并不大。很悠闲、很懒散的那种姿势。

男人在心里气愤了，停止了单腿的前后运动，开始双腿并拢，做荡秋千那样的运动。男人一边运动一边不时观察女孩。

女孩是附近学校的学生，礼拜天不上课就来体育场玩。女孩最喜欢的运动就是荡秋千。女孩来到体育场的时候，男人就在太空漫步机上运动。女孩只好站到太极推手器那儿，做自己其实很不喜欢的太极推手。女孩想，等那个男人下来了，她就过去荡秋千啊。女孩顺时针做了100圈，看男人，男人还在做单腿交叉前后运动；女孩又开始逆时针做了100圈推手，偷偷看了男人一眼，男人还是没有下来，做女孩最喜欢的荡秋千。女孩心里想，这个荡秋千做完了，男人就该下来了吧。女孩漫无目的地摇着推手器，她甚至把头枕在推手器上，在暖暖的阳光里，女孩一瞬间都进入了梦乡。女孩忽然惊醒，抬起头，那个男人还是没有下来。女孩看见男人有一搭没一搭地在漫步机上移动，就是没有下来的意思，女孩生气了，这个男人看着挺有气质的，咋没有一点公德啊？那健身器是给大家健身的，不是给你一个人的啊？

女孩也观察到男人不时也斜过来的目光，女孩甚至恨起了男人，该不是个披着羊皮的狼吧？

男人最喜欢的健身器材就是太极推手器。男人以前在州城是和大家在商鞅广场打太极的。回到小城后没有人组织就一个人在太极推手器上做。男人来体育场时，推手器上刚好有人，男人就在太空漫步机上运动，等那个人下。男人一个疏忽，太极推手器上又换了个女孩。

男人一次又一次地看女孩，女孩还是没有下来。男人就很生气，我不信我耗不过你！

女孩见男人还没有下来的意思，也生气了，反正我今天也不上课，不信等不到你下来！

男人就在太空漫步机上做逍遥游；女孩就趴在太极推手器上晒太阳。

太阳已经一竿子高了。体育场上锻炼的人也慢慢散去。男人终于没有耐性了，狠狠心走下太空漫步机。就在男人走下漫步机的一瞬间，男人忽然发现，女孩也放开了太极推手器上的把柄。男人要的东西终于到手了。

女孩一脸阳光，对男人笑笑，快步走向太空漫步机。

男人的脑海里忽然浮现出电视里那个讨厌至极的广告画面，那是一个白酒广告，品牌是"舍得"。男人自嘲地摇摇头，脸上浮现出久违了的微笑。

山的儿子

在信中，我这样说："离开您，才想到您的慈爱。正如离开了大山，才感觉到大山的美好一样！"

我常常为生在山里而遗憾呢。

我九岁那年，家乡遭年馑。父亲在六十里外的更深的山里教书，家里只有我和不满周岁的妹妹。我那时不懂事，总是嚷饿。现在想来，母亲当时总是偏向着我的，一碗能照出人影的苞谷稀饭，母亲还要把碗底的苞谷糁滤出来给我。妹妹很能哭，整日除去睡觉就是叼着母亲干瘪的奶头哭。每到春季，政府会从外地调来一些救济粮——只有困难户才能分到。因为父亲是公家人，自然是没有份的。为这事，母亲和父亲吵了好几次呢。父亲每次回来，母亲都劝他："不要教书去了，回来种地吧"，她说，"家里有人挣工分，就是收不下粮，总会分到救济粮的。"再说，教书每月二十八元钱，那年月，顾自己都顾不过来呢，还要养活一家人啊。父亲到底没有回来，他还是去六十里外的深山里教书去了。他说，他放心不下那四十多个学生娃。

隔壁"气死牛"爷爷孤身一人，很穷。春冬两季他都要去山外要馍馍（我们这里人把"讨饭"叫"要馍馍"）。母亲很贤惠，常给"气死牛"爷爷缝缝洗洗。被人称为"气死牛"的爷爷有一对牛一样的大眼睛，嘴边的黑白相间的胡子在说话时一抖一抖的。爷爷每次从山外回来，总要匀一些讨来的干馍馍给我们母子。爷爷送过来的时候，馍很硬，放到嘴里一咬，"嘣嘣"直响。爷爷总是说"小心把牙扳掉了。"果然那一次，就把牙磕掉了。爷爷把我拉进他的怀里，摸着我的头说："别谗。等你妈把馍弄热，那才好吃呢。"我就偎在爷爷的怀里，一边听他讲山外的白馍馍，一边瞅着锅盖，盼那白白的热气儿快快冒出来。我不明白，想要让气儿冒出来，为啥却把锅盖的那样严实？有几次，我趁母亲不在，用力把沉重的锅盖掀动，想露点缝儿，但都没有成功——母亲打了我的屁股又把锅盖严了。

坐在爷爷怀里，我就想，山外是什么样子呢？爷爷说，山外没有山，有的是一眼望不到边的大平原。平原是啥？我又问，爷爷也说不上来，这样回答我，反正没有山。但一定有白馍馍的，这我知道。白馍馍是平原上长的，我们这儿有山，没馍馍，山外没山，有平原，有馍馍。

我对母亲说，我跟爷爷去山外要馍馍吧。母亲说，小孩子家别胡说。我去求爷爷偷偷带我出去，爷爷说，乖娃娃，你去了会丢你父亲的脸的。可我总想着，我要去山外。

后来长大了，想起小时候的事，暗自好笑。每每从电影里看到"大铁牛"在广阔的田野里耕作，看到那一望无际的麦田，就想起小时候的梦，平原真大，也真美！大人们说，山外就是那样。我就想，什么时候才能去一趟山外，看看平原呢？

那年暑假，因为学习上的事，我去了西安。汽车翻过秦岭，放眼望去，绿色的苞谷地像无边无垠的大海，平展展的。微风过处，掀起层层的波浪，一直延伸到远方。这就是平原，这就是我朝思暮想的山外！我只能在心里喊，怕周围那些鄙夷的眼光。小心地把车窗打开，把头悄悄伸出窗外，贪婪地饱览这向往已久的平原。

住宿安排好以后，漫步在钟楼下面，看着来来往往的人流，一张张陌生的面孔，我的心里忽然好像遗失了点什么，郁郁寡欢起来。不知怎的，竟想立刻就坐车回去，回到山里，回到母亲身边。

那一夜，我做梦了，梦见了家乡的大山，家乡的小河，家乡的小路，还有白发飘飘的母亲，三间烟熏火燎的土房……

早晨起床，同学们都在谈着路上的趣闻，说东道西，彼此熟悉起来。我却爬在床上给母亲写信。信写了两页半，我就落了三次泪。在信中，我这样说："离开您，才想到您的慈爱。正如离开了大山，才感觉到大山的美好一样！"

因为，我是大山的儿子啊！

别了我的农贸市场

因为农贸市场给了我安稳的生活，我在这个市场附近拥有了属于自己的房子，在这种比上不足比下有余的生活状态里，我重新拾起了多年的文学梦。

十月，官方新闻和小学生的作文总是说金秋十月。我在这里不妨也模仿一回。在这个秋高气爽、天高云淡的十月，不管是钓鱼岛争端，还是莫言获诺贝尔文学奖、以及中国人民的伟大朋友西哈努克亲王的逝世，这些无不充满着惊天地泣鬼神的新闻，毕竟，离我们这些屁民太远。这个忽冷忽热的十月，这个穿衣指数无所适从的十月，对我们最大的伤害，也是最让我感伤的事，就是我赖以生存的农贸市场拆迁终于在沸沸扬扬的传言中变成事实，这个农贸市场，当年建成开业时城建局长挺着肚皮剪彩讲话言犹在耳，陕南最大的农贸市场——顷刻间土崩瓦解、灰飞烟灭。此后我讨生活近乎二十年的农贸市场在这个城市将消失得没有一点蛛丝马迹，只能成为我们这些人嘴上饭后的谈资。

1996 年，我从山外回到县城，蜗居在这个小城南边的山根下，习惯上叫南坡跟的一户人家，二楼上不足十平方米的居室就是我们一家四口的家。在那年的春天，我因为一本杂志上的广告，只身远赴南京，希望学一门人造变蛋的手艺。见到人造变蛋的样品，对项目的怀疑，我放弃了这个项目的投资。为了弥补这次考察失败的损失，离开南京时，从一条小胡洞里批发了几百双袜子带回家卖。就是在农贸市场——当时还是露天市场卖袜子时，我结识了一个卖鞋的师傅，和他熟悉了，就在他又一次进货时和他去了西安。我清楚地记得，当时身上只带了不到两千块钱，本来要进点线衣线裤什么的，可就在陪师傅进鞋时，忽然心头一热，跟着师傅进了鞋。师傅那样鞋进四套，我进一套，师傅另一样鞋进五套，我还是进一套。就那样，钱花得只剩下回来的路费时，我才跟着师傅白跑一气。那次进货回来，刚好时值初夏，进的塑料凉鞋不到十天就卖得所剩无几。自我感觉卖鞋比卖袜子挣钱多了，第二次进货就从别人那儿借了点钱开始正式做买卖鞋子的生意。这个夏天，老家有庄稼的买卖人都回家收割麦子，剩下的多是城里没有土地的小本生意人和我这种迫于形势不得不离乡背井的游击队。而在这个农忙的时节，因为做生意的人相对比较少，生意就要好做一点。等农忙结束，我的生意基本摆顺。这个时候，工商管理开始划行归市，我们买卖鞋的都放到了一块，就是面对面的两排水泥板，每个摊点一米宽三米长，一年也就五六百块台板费。人生往往不能忘记的是在最困难的时候有人对你说的客气话、鼓励你的话，给你做人尊严的话。也就是在那个时候，检查工作的一位工商人员对我说，才弄？好好弄，这个卖鞋的生意能做。多年以后，我们住在了同一栋楼里，他住四楼，我住二楼，有一次，我对他说，你还记得当年你给我说的那句话吗？我说，就是冲着你当时没有盛气凌人的架势，冲着你那句还是人对人说的话，我把生意一直做下来了。他说，什么话？我怎么一点都记不得了？

一条自由飞翔的鱼

我又重复了他当年的那句简单的不能再简单得话，我说，关键是你当时把我们这些做小本生意的人当人，没有像那些披了一身皮就不知道祖宗三辈是啥的那些王八犊子说的话。

时隔两年，农贸市场大改造，临河修一条公路，河畔是依依垂柳和草白玉栏杆，公路边是一溜琉璃瓦翘檐的两层商业用房。房子后边是四排水泥台板，台版上空是钢铁龙骨和石棉瓦撑起的大棚。整个农贸市场东西长近千米，在南门口桥南，人民路两侧，修建两个耸入云端的亭子，在亭子前面各立一尊石狮，卧狮，代表祥和和生意兴隆。亭子下原来还有花坛，花坛里立有纪念碑，勒石纪念那些为农贸市场修建有功的县上、村组领导。

就是在这个大棚、台板的简易市场，我在卖鞋的时候，曾经接手过一家市场里的澡堂子，那几年，孩子小，我们两个大人和两个上小学的女儿竟然在一张木板单人床上躺了三四年。两间大房子分别做了男女浴室，余下两间前后隔断，前面是大厅和用布帘子隔开的我们的卧室和厨房，后面是五间隔开的包间。那几年，我和妻子两个人，两个生意。好在澡堂子和鞋摊是面对面，在鞋摊和澡堂子间奔跑是常有的事。腊月天，放假在家的两个女儿成了我们的好帮手。不到十岁的妹妹和几近十岁的姐姐一个拖地，一个卖票收钱。后来，隔壁地税局大楼修建，因为澡堂子烟筒的环境污染，我们的澡堂子不得不被关闭。

曾几何时，大雪压境，修建在干河的市场大棚在雪灾中倒塌，造成人员伤亡，省电视台记者直播新闻。一朝遭蛇咬，杀光天下蛇。受此大棚倒塌连累，县城所有大棚市场开始集中拆除。大棚拆了，土地所在村组又开始在原来台板位置修建简易房。我们这些做生意的人因为没有背景，只能从组上村民手里再转租二手房。房费一下子成了月租七八百。相对于原来台板年租，经营成本整整提高了近十倍。

2006年冬，妻子在帮一个朋友的女儿去深圳打官司时，对那个冬天温暖如春的城市一见钟情，留在了几千里之外的城市打工。为了两个还在上中学的女儿起居吃饭，我只好在家苦苦支撑着由澡堂子改造成的鞋店。

2007年冬，我给远在深圳的妻子打电话，说我不想做生意了，房价倍增，生意萧条。妻子说随你吧。就在我考虑把剩下的货给哪儿寄存时，忽然有一天，我在我住的楼下发现一间门面房出租。想想与其把货找地方寄存，然后再拿出去处理，还不如在家门口继续做生意，我就开始打电话联系房东。房子定下来后，我豪情万丈，踌躇满志，装修房子，准备开一家专卖店。在网上查了，最后决定卖蓝猫童鞋。那个冬天，妻子也从深圳回来了，我们在房子的里边摆上原来店里的货，房子外间上了蓝猫品牌童鞋。因为正是春节前，蓝猫鞋子卖得还不错。我像模像样的开票，送小玩具，送对联，俨然摆脱了几年前讨价还价的小商贩的形象。谁知好景不常在，好花不常开，过了年，生意一下子一落千丈，来的顾客都因为价格的缘故生意谈不拢。我这才知道，农贸市场，本来就是给农村的农民和城里的穷人开的，那些有钱的人都去了城中心购物，来农贸市场的买主都是掏钱买便宜。实在撑不住，我和妻子商量，还是卖童鞋，大人鞋就不进货了，童鞋上中档的，也就是卖个三四十元，穿个两、三个月的鞋。在这个只有十五六个平方，实际经营面积不到十个平方的小店里，

一条自由飞翔的鱼

我们不经意间又讨价还价地生活了五年。

想想看，96年我来到农贸市场时才30岁，我们的大女儿才刚刚上学前班。一转眼，大女儿已经上大三了，小女儿学幼教，已经在西安幼儿园实习上班。妻子的头发白了，我的头发开始掉了。那次去理发店，看着正在理发的小伙子黑亮的头发心里忽然觉得很悲哀——满头乌发只能是来生的梦了。几近知天命的年龄，陪伴我们走过人生最优越的年龄的农贸市场很快将要谢幕。看着满目疮痍的市场，听着工人们拆除钢筋水泥的噪音，心里有一点伤感，也有一点怀恋。是这个被那些自命清高的人称为脏乱差的农贸市场整整二十年，养活了成千上万的人，供养了多少孩子上学。做人最起码的原则是不能忘本。我们之所以感恩父母，是因为父母管我们吃穿用度，而农贸市场在漫长的岁月里，默默地供应我们吃饭、穿衣、看病、上学……和农贸市场有密切关系的人，深受农贸市场恩惠的人，不管我们在农贸市场受过多大的委屈，不管农贸市场有多脏、有多乱、有多差，从这儿走出去的大人不能忘记它，是它给了我们赖以生存的环境，从这儿走出去的孩子不能忘记它，是它供给了你们上学的一切花费，它甚至还在继续供给你们上大学、找工作的花费。

因为农贸市场给了我安稳的生活，我在这个市场附近拥有了属于自己的房子，在这种比上不足比下有余的生活状态里，我重新拾起了多年的文学梦。在农贸市场的几年里，我创作发表了二百多篇文章，公开出版了一本散文和三本小小说集子，也荣幸地加入了省作协。那些父母还在农村老家的城市人，住在没有房基只有房间里的城市人，那些看不起农民到看不起农贸市场的人，根本想不到农贸市场里还有各式各样的草根名人。当他们以鄙夷的眼光看农贸市场这些人时，岂不知道这些人也在用同样鄙夷的眼光看着他们，看这些整日无所事事的庸才怎样一步步从生走到死。

别了，农贸市场！我们会记住你！农贸市场人会记住你！？

记忆深处的冀寨

走进冀寨，就是走进过去的岁月，那个岁月，有贫穷，但更多的是欢乐！

冀寨是我母亲的出生地，也是我小时候的乐园。

我记得事的时候，也就是十岁左右，在冀寨上小学，我家和冀寨也就是一岭之隔我常常在放学的时候或者天都快黑了穿过仄仄的巷道，来到我外婆的家。冀寨是一个四周高，中间低的洼地，下雨的时候，水从巷道里漫流，有牛和狗的大粪到处都是。天情了，这流水的巷道就是村人的道路。巷道两边是院墙或者房子的基础露出的原生石，无规无则，没棱没角，在石头的缝隙长出密密的野草或者绿苔。在巷道我见到最多的是山墙上用两片瓦做成的烟筒和屋脊下用两三个胡基撑起的窗口。遇到做饭时间就从这两个地方冒出炊烟。袅袅的炊烟给人温暖给人欲望。看见炊烟，我就仿佛闻到了外婆的饭菜之香，加快了脚下的步伐。我外婆在我的记忆里是一个低矮的小脚老婆婆，粗糙的灰白头发在脑后挽个髻，核桃皮似的脸上总是充满慈祥。我外婆一个人过，住三间大瓦房。那是我外爷跟随母亲改嫁到冀寨后自己盖的房子，我外爷在我母亲十岁时就逝去了，这房子后来就是我大舅住。我大舅因为孩子多，光景过不前去，后来举家迁到山西临汾，这房子当时就我外婆一个人住。

冀寨的标志性建筑，我以为就是村子中间的炮楼。那是冀寨唯一的大户人家修盖的。我曾经问村里的人，为什么都把房子盖在洼地里，房子的朝向也不规则？回答说，旧社会土匪多，住的集中就相对安全一些。这么想着，这地主家的炮楼也保障了冀寨百姓的安全啊。

我说这炮楼和现在的烤烟楼倒蛮像的，只是炮楼保证了炮楼主人和村人的相对安全，烤烟楼给现在的村民带来了可观的经济收入。回答说，你现在拍到的炮楼已经不是原来高度的炮楼了。原来的要比现在遗留下来的高得多。知情人说，炮楼的顶部在"文革"中破坏了，现在是在破坏了的基础上戴了个帽子。我在想，这有炮楼的房子当年分给了两户贫苦人家，他们的后辈也是穷，连家都没有成。如果他们有能力盖房的话，这老房子和炮楼就不会保存到现在了。

我转到炮楼的前面，有人喊我。看到蹲在房檐底下，捶布石上的人是我小学的同学水民，就走过去，问，你在这儿住啊？他回答说，左手两间上房，一溜厦子是他的，右手两间有炮楼的上房是海怪的。我才知道原来那两家贫苦的人家是他们两个的老人。我看到海怪的单扇门挂着锁子，也没问人哪去了。看着我的同学老瓷碗里的糊涂面，脚前地下一个掉了瓷的搪瓷碗里的青辣椒，问他，老人还在吗？看着敞开的厦屋门。他回答，去年就过世了，正月初五那天。他问我，还在县上吗？我说，在。我看到他身后那扇做工精细的格子门，四扇的，上部还保存有四扇雕花，很美。我就问，这是从前的吧？他的眼睛一下子亮了，是的，前一向有两个外地人要买我这扇门，看了，说是可惜了，门格子上的花被撬了就不值钱了。我问，花？他站起来，给我指门格子上花儿被撬的痕迹。我说，便宜点卖了也好。他说，我不卖！

离开炮楼和水民，我徜徉在冀寨村仄长的小巷里，凌乱的房子间，我发现这个村庄在无意间保留了好多 20 世纪六七十年代的东西。比如土门楼，门扇上面的"忠"字，房子后墙上那个年代的标语……

最有特色的是各种各样，各个时期不同材质、不同造型的门楼，这在如今的乡下已经很少见到了。我特意多拍了好几张不同风格的门楼，从中也可见到时代的变迁。

在破败的老房子的后墙，我拍到了在白灰的墙上用红土做颜料书写的"自力更生，艰苦奋斗"这条激励了无数中国人的标语。它距今最少要三十年了。在另一面墙上，我拍到用灰书写的"愚公移山，改造中国"的标语。同样的，在又一面墙上我拍到已经不很清晰的"深入开展农业学大寨的群众运动"。看到这些用最原始的工具写在最原始粉底的展台上，但功力却深厚的标语，我们仿佛能感到当年的气氛闻到当年的气息。

走进冀寨，就是走进过去的岁月，那个岁月，有贫穷，但更多的是欢乐！

兄弟树

三棵树，其实就是三个人，三个亲兄弟。可在那苦难的年月，三个亲兄弟却形同陌路。都是因为穷啊。

每次回老家站在曾经生我养我的故土上，站在倒塌的老房子的地基上，躺在母亲的土炕上，我都在心里说，我要写一篇文章，但我每次都是不敢动笔。故园在我的心头很沉很沉，压得我喘不过气来。我不知从何处着笔，我害怕我写不好。这正如我在心里老想给我的父母亲写些什么，但总不敢下笔一样。父母对我的爱不是一篇文章所能表达的，故园对我的情愫也不是一篇文章就能写出的。

昨天，我在相隔三个月后（虽然我居住的地方离老家只有三十里地），回到故园，回到七十高龄的父母身边。蹲在故园那棵核桃树下，任蚊子在我的大腿和臂膀上肆意叮咬，我看着昔日的繁华现在已是面目全非，我的泪就不由地流下来；躺在父母的土炕上，和明显已经行动迟缓，反映迟钝的母亲拉家常，我的心里就酸酸的。父母是已经老了啊！有一首歌唱到——常回家看看。而我离家只有短短的三十里，竟然要三个月、甚至半年才回家和父母见上一面，那也是村里出了"人情"才回的家。

前几年没有感觉，这两年也许是近不惑之年了，我常常莫名其妙地和妻子发脾气，我常常想一个人回家和父母拉拉话，说一些风马牛不相及的话。每次回家，我都要躺在父母的土炕上，舒展一下我疲惫的身心。躺在父母的土炕上，我一下子像一个游子回到了母亲的怀抱，安全、舒服、温馨。每次妻子催我该走了，我总是躺着不想动，我有时竟傻想，我就躺在这里不回去了，我就不想再做生意了，我也不想再挣什么钱了，争什么名了。

故园给我太多抹不去的记忆，父母给我太多说不清道不明的爱。

老房子是三间土木结构的土房子，据说还是父亲刚刚参加工作时盖的。当时，父亲不在家，是包给队上的社员给修的，我母亲就常常说盖得不够好。房子坐东向西，故而，冬天的早上是晒不上太阳的，就冷。我们就埋怨父亲咋不把房子盖到对面的阳坡？母亲说，有这座房子就不错了，你爷爷在世时爱赌博，把井上房子的椽都拆下来卖了。我们就无话可说。

老房子前面是一个五十多平方米的院子。院子左边紧挨老房子是一间养猪的房子，不大，但修的高，苫瓦。我记得事时，大哥已经把它收拾得很漂亮做他的睡房用。大哥人整齐，做事也整齐。他用芦苇秆绑了天棚，用旧报纸糊了四周的墙壁，再在墙上贴了年画，挂了玻璃装的相框，小小的房子一下子亮堂了。

大哥房子的后边是一块和院坝一样大的园子地。母亲秋天种上小麦，夏天种上苞谷，到后来，地边的树长大了，就不再种粮食，而种一些萝卜、白菜、茄子、豆角等。西边的地畔，有三棵两把粗的核桃树。母亲说是大哥过岁时栽的。也许是预兆吧，我母亲果然就生了我们弟兄三个。那年，大哥结婚后分家，母亲说，三棵核桃树，你们弟兄三个，一人一棵。我至今不知道当时是什么原因。大哥的树是中间一棵，我的是最南边的一棵，二哥的是北边的那棵。就数二哥的树结的果子大，下来是我的，大哥的树结的果子最小，是两头尖的。

大哥结婚那时，我们家很穷。穷到什么程度呢？早上能照见人影的苞谷稀饭，中午大豆、苞谷、很少一部分小麦面掺和的杂面做的面条——根本成不了条。一年里很少吃上苞谷面做的窝窝头。原因是母亲的身体一直不好，在队里只能拿六分工。而我父亲在离家很远的地方教书。孩子多，又没工分，就分不到粮。我记得那时的星期天，父亲总是挑着两个柳条编的筐，我拿着一个"升子"，父子俩去街上的场院后边黑市买粮。

我二舅当过兵，在部队上入了党，复员后在大队当支书。他是我们亲戚里最有头有脸的人。公社书记看上了我二舅的能力，就千方百计地叫我二舅去公社工作。我二舅不去。后来，公社在南边的胡河沟里办了一个"五七干校"，叫我二舅去当校长。我二舅去了。我大哥的运气一直不是很好。那年，他高中毕业后大队让他去小学教书，当民办教师。他当时热心当兵，就没去。可那年体检时他没有过关，兵没当上把教师也耽搁了。我妈硬着头皮、厚着脸皮去给我二舅说了几个晚上。我大哥才去了"五七干校"上学。两年后，公社买回了放映机，成立了放映队。我舅和公社的书记关系特别好，我哥就去了刚刚成立的放映队。我哥人样长得排场，在人面前又很会说话，加上我舅在公社的关系和威望，我哥在公社也就混得很好。那时候，电视机很少，农村的文化娱乐就是看电影。放映队在农民的心里是很风光的。我哥也就成了全公社的名人。我哥结婚以后，嫂子在家吃不下我们的饭，我哥就把嫂子叫到公社去住了。

结婚后，我哥和父母的关系就很紧张。嫂子和母亲吵，大哥也和母亲吵。这中间多少也和我大妈在中间煽风点火有关系。我二哥那时候上初中，身体不好，吃发霉的苞谷糁做的稀饭，这里吃，那里就吐了，他还要去上学。二哥常常饿得头发昏，眼发胀。二哥就看不惯大哥的为人和做事。就不和大哥说话。有一次，大哥和一干人在路上碰见二哥了，二哥问话，大哥竟对和他一路的人说是村里人。二哥就把这事记了一辈子。后来我二嫂也和大哥不和。总说大哥看不起人，他们也就不认了这个大哥。

我记得分家后，三间房子大哥占了两间，我、二哥，还有妹妹就住在那间猪圈改成的厦房和三间房子的一间房子。刚开始我们是从窗子翻出翻进的。一个月后把窗去掉安了门。

三棵树，其实就是三个人，三个亲兄弟。可在那苦难的年月，三个亲兄弟却形同陌路。都是因为穷啊。分家的时候，因为一个小板凳也会弄的红脖子涨脸。现在想想，这一切都没有了意义。

五年前，大哥的树开始枯萎了。三年前，大哥因为患病——肝癌晚期，永远地离开了我们。那棵树也彻底的死了，大嫂叫人把那个不祥的树放倒、肢解，解板的解板，烧柴的烧柴。

今年春天，我大哥过三周年的时候，我们兄弟二人和妹妹、妹夫都回家了。在老家的院坝里，二哥的树也显出了枯萎的迹象。我和二哥说，放了它。三下五除二，那棵一抱粗的核桃树就倒了。

三棵树，现在就只有我那棵还在挣扎着。每年也结不了多少果子。秋天里，母亲说，你回来把核桃打了吧！我说，由它吧。也打不了多少果子的。我四十岁了，已是不惑之年，上树也操心，对世事也看得淡了。钱多少是够？名多大是名？气争着又有多大的意思？

我每次回家，都要蹲在三棵树的地基上沉思。一蹲就是半晌子。人活一世也就是五六十年，所谓"人活七十古来稀"，能活到七十岁的人真是有福了。但我们在这几十年里做了多少不该做的事啊？和父母的不和，和兄弟姐妹的隔阂，争一些不该争的气，伤心伤身。有一句话说，钱财如粪土，名利是枷锁，都是身外之物。这句话只有到了生命尽头的人才有深刻体会啊。

兄弟树，常常让我深思！

两棵核桃树

站在故园的土地上，更多的是悲哀！是对生命的悲哀！是对人生的思考！

这两棵核桃树，一棵在我老家故园厦屋的房后，我们叫"厦子坟"上的。另一棵在院坝的北边，这棵树要大得多，有两搂粗。这两棵树都是我大妈家的。

我一直疑惑，这两棵树怎么就没有父亲一棵呢？

父亲弟兄两个，没有姐也没有妹。从我记得事起，我大伯就是一个很随和、很爱我们的人。他一直当队上的保管员，队上仓库的钥匙就是他拿着。那时收麦季节，队里晚上总加工脱麦。我母亲因为孩子小，又没有体力，生产队就不要。大伯加工回来，就把队上给的"杠子馍"慷慨的送给我们。母亲推让，他说，给孩子吃，娃小。大伯的话不多，做事却实在。但我大妈从我记事起，就总和母亲闹矛盾。现在想来，主要原因是：一、大妈的娘家比我母亲的娘家富裕一点。二、我母亲生了三个儿子，而大妈虽然富有（也就是吃得好一点，穿得好一点），却只生了两个女儿吧。大妈人长得高大，我母亲个子矮小，性格又软绵，就总是受大妈的欺负。隔三岔五的，大妈总要指桑骂槐地欺负母亲，而母亲总是忍气吞声的过。

我们也有快乐的时光。

厦屋后的那棵核桃树上挂着生产队的铁钟。上工了，开会了，队长总要在树下拉起大拇指粗的麻绳，"咣、咣、咣"的打铃。一村的人都竖起耳朵听队长发号施令。夏天里，我们总喜欢把饭碗端到那棵树下吃饭乘凉。树底下就被我们收拾得很干净，没有荒草，没有乱石。大伯还在树的根部堆了一个很白的平板石头，来得早的人就坐上去，很优越的样子。几个人在树底下，边吃饭边说一些村上的稀奇事，说到高兴处，满树下的人就都大笑起来。

院坝北边的那棵树，一直是我大妈的专利。夏天她坐在树下乘凉，冬天她坐在树下晒太阳。大妈也有发慈悲心的时候，你还没有从她给你造成的悲哀中醒来，她会冷不丁给你端来用白菜萝卜做馅包的饺子，或者熬得很糊的红豆子稀饭和包了豆馅的黄苞谷馍。我母亲会很客气地接过，说一些感谢的话。对于我们小孩子，那就是过年一样的美味。

我家和大妈家的界沟一直是我母亲和大妈的心病。今天母亲用

一条自由飞翔的鱼

锄头勾过来了，明天大妈又用镢头挖过去了。春天里，母亲在界沟边栽一棵杨树，大妈就在那边插一株柳条；大妈在院坝边栽一棵苹果树，我母亲就在这边栽一棵梨树。一个五寸的界沟，被母亲和大妈刨得光溜溜的，没有一根杂草。

同样在这棵树下，也有欢乐。

那就是我和大妈的外孙，也是我的外甥的友谊了。外甥叫军学，比我仅仅小两岁，每年的寒暑假都要来外婆家过。我、社教和军学就成了最好的朋友。一起提了草笼去给猪割草，一起拉了队上的牛去南边沟里放。在那棵树下，我们捉谜藏，玩抓特务的游戏。更多的是摔交，看谁的力气大。

现在，当我站在故园的土地上，满眼是荒草和瓦砾。当年的房屋不见了。大妈和大伯早已作古，他们的小女儿把房子盖到原先生产队的场里去了，我们家的老房子早已不住人，前年毁于一场大雨。在我们两家的房基地上现在是苞谷和大豆，还有母亲种的茄子和辣椒。先前的院坝都长满了齐小腿深的荒草。界沟已经看不见了。我后来开玩笑问母亲，咋不见您去管老院子的界沟了？母亲也笑了，你大妈都不在了，管它做啥。是啊，人都不在了，还管那些没用的东西做啥？

我大妈要强了一辈子，到最后死的时候，也是任人摆布。她的枋，她的墓，她的老衣都是按别人的意思弄的。我母亲和大妈对峙了一辈子，现在忽然没对手了，她倒有了失落感，常常说起大妈的好来。

争来争去，到老了，那些不愉快的事都没有了印象，倒是很少的好处却让人难忘啊！

那棵厦屋后边的核桃树还在，不过也呈现出一种死气沉沉的气象。树下的荒草疯长，树上的叶子枯黄，有很多的枯枝也没人去折。奇怪的是，那个生锈了的铁钟还在，似在向后世的人述说那个久远年代的故事。村里的年轻人都出去打工了，上学的孩子也不像我们当年那样有时间去玩。这儿也就不再是乐园。

院坝北边的那棵核桃树是明显的老了。我的印象里，它还是那样粗细，没有生长。它的树冠已没有了当年的枝繁叶茂。没有了房子，没有了人，这地方也就没有了生气。树也是老的老，死的死了。

站在故园的土地上，更多的是悲哀！是对生命的悲哀！是对人生的思考！

倒塌的老房子

倒塌的老房子，想说爱你已经不容易！

曾经有那么多的心愿：

在老房子前给父母照张合影。拉一条长凳，让父亲和母亲坐得近一点，背景就是三间老房子。那是他们白手起家盖的房子，是他们婚姻的房子啊！

有一回，真的就回家侧着身子，躺在长满野草的院子给老房子留了影。那是我们弟兄三个的根啊！是我们姊妹四个的家啊！现在，我们都长大了，都离开它远去了，就想把它拍下来，做个永久的留念……

可是，这一切都没有变成事实，并且永远都不会变成事实了。

给父母的合影因了房子是坐东向西的，照相必须在下午五点以后。不是我的时间不行，就是父母的不方便。父母总说，啥时候都行啊。

我专门给老房子拍的照最后竟没有洗出来。

就在我也和父母一样，认为这一切都可以重来的时候，老房子却在 2003 年的大雨中倒塌了。现在，在那一片废墟上，母亲种了夏天的麦子，秋天的苞谷。

老房子，成了我心中一生的遗憾。

1996 年，我在华山脚下做小生意，和当地人产生冲突，我和妻子都受伤住了医院。人疏地生，举目无亲啊！这时候，远在河南予灵的大哥闻讯后，放下他的生意，风风火火来到我们身边。大哥白天跑东跑西，晚上熬煎的睡不着觉——和我打架的是当地的地头蛇啊！

在大哥跑前跑后，没黑没明的努力下，我们终于讨回了公道，拿到了补偿。

回家后，一直想着要报答大哥的。因为相隔太远——大哥在河南做生意——就没有机会。总想，来日方长，弟兄们的日子长着哩，迟一时也不要紧。我万万没有想到的是，我的大哥从河南回到老家时已是重病缠身，不到一年，年轻轻地就离开了人世。

大哥，成了我心中永远的痛！

每个人都有自己的老房子，自己心灵的老房子。那是我们起根发苗的地方，是我们饱尝父母之爱的地方，是我们享受兄弟姐妹亲情的地方，是我们一生一世都忘不了的地方！

任何给我们恩泽、给我们留下永远的不能忘记的人和事都是我们的老房子。父母、兄弟姐妹、我们的老师，在下雨天给我们撑起一把雨伞的、在别人的城市受到别人的关怀，在夜晚有人给送来光明……该报答就报答、该留念就留念、该孝敬就孝敬啊！不要再推到明天！哪怕是最小的回报都比一辈子的遗憾强百倍！

倒塌的老房子，想说爱你已经不容易！

母亲的地界

从小到大，父母就是一把永远撑开来的伞，我们都是他伞下永远的孩。

我越来越觉得我和母亲离多聚少了。

我越来越迫切地希望和母亲多坐一会儿，就那样静静地坐在母亲面前，听她絮絮叨叨地诉说，一言不发或者微微笑着轻轻应她几声。

院子外边的杨树已经很粗了，枝枝叶叶密密麻麻地绿着，遮蔽了整个院落。阳光从叶子稀有的空间里洒下来，给干干净净的院子涂上几笔写意画。在这幅静谧的图画里，我坐在低矮的木凳上，听同样坐在矮凳上的母亲天马行空地诉说。

老屋已经名存实亡。那年的暴雨把父母亲手盖的三间老屋下垮了。彼时，我已经在县城有了自己的房子和生意，并没有打算在老家盖房。

一条自由飞翔的鱼

在收拾了破墙烂椽残瓦后，父母把房基和院坝开垦成一片园子。春天种葱，秋天种萝卜，在园子的周围地界有豆角和向日葵不时高高地站在那儿。

老屋的地势低，住在后边的邻居就把扫了院子的垃圾推下来，繁密的爬山虎也汹涌地疯长。我们和邻居的地界——一条阴沟就被填满了。年轻的时候，总是父亲在清明节后，用镢头把带树根的土，有玻璃和瓦片的土，甚至烂袜子烂裤片的土一点点挖出，再用铁锨很艰难的铲起来，装进两个柳条编的笼里，一担一担挑着送到老屋门前的院坝底下。后来，我成家了，接过父亲的镢头和扁担，顽强地固守着祖上留下的地界。

现在，老屋已不复存，而地界仍然在固守。母亲说，每年清明过后，她都要催近八十高龄的父亲去"出阳壕"——就是把阴沟里一年的垃圾清理干净。父亲因为上了年纪，力气是大不如从前。母亲就说，我和你一起去吧。比父亲年轻不了几岁的母亲用镢头挖两下就要直起腰来歇一阵。父亲说，还是我来吧。

我在母亲的叙述里，能想象出母亲是怎样一镢一镢地挖那些丝断麻不断的垃圾，怎样一掀一掀把那些红的绿的塑料袋、玻璃碴、包装带、破布的垃圾装进已经破旧的箩筐；父亲又是怎样一步三摇的挑着装了垃圾的箩筐走在老屋的院坝里……

我说，妈，明年就别"出阳壕"了。你和我爸年纪都大了。

母亲叹口气，说，你们都忙，又总是没事就不回家。"阳壕"不出，一年就堆满了，二年人家就骑到我们头上了。再过几年你连地界都找不到了。

我说，妈，我们在县城有房，也不打算回家盖房了。争那些地界干啥啊？

母亲说，这不对。他的就是他的，我的就是我的。我不占他的便宜，他也不能占我的便宜。

我父母住在大哥的房子。大哥人不在了。大嫂虽然没改嫁，可在县城有大哥在世时买的房子，平常很少回家。我大哥在世时，左邻右舍都让着他，现在他不在了，人家就在地界上做一些手脚。我父亲说，多一事不如少一事，一镢一掀也改变不了啥，能把我们的房子刨去吗？我母亲不。我母亲说，我还在，我还能看见，我就不会让他们占一点便宜。我的就是我的，他的就是他的。

我母亲就一个人拿了镢头，拿了铁锨，用一根尼龙绳从东头拉到西头，一镢下去，一掀铲出，端溜溜一条沟就出来了。左邻右舍男人女人出来看了，恨得牙痒痒，看见我母亲绷紧的尼龙绳，嘴上一句话也说不出。

有个后生低声说，看你还能活几年？

我母亲很背的耳朵就听到了。我母亲说，只要我活着，我的就是我的，谁也拿不去。

那人就噤了声。

我听着母亲的诉说，心里就热热的。不管我们长到多大，不管我们是怎样的觉得母亲的做法有些小题大做，可母亲是实实在在地保护着我们，捍卫着我们利益。

老屋的废墟前，有我当年盖的三间厦屋。一直没人住。春节，父亲在门上贴上大红的对联；元宵节夜，母亲在房子周围点亮红红的蜡烛；清明过后，父母又会拖着孱弱的身子去挖地界。

父母用他们孱弱的身体和顽强的行动捍卫着我们的利益。

从小到大，父母就是一把永远撑开来的伞，我们都是他伞下永远的孩子。

给父母拍张照片

白头偕老，对年轻人来说是一种愿望，对相携走过的父母来说是一种福分。真的不容易。

我在散文《倒塌的老房子》里这样写道"在老房子前给父母照张合影。拉一条长凳，让父亲和母亲坐得近一点，背景就是三间老房子。那是他们白手起家盖的房子，是他们婚姻的房子啊！"

给父母的合影因了房子是坐东向西的，照相必须在下午五点以后。不是我的时间不行，就是父母的不方便。父母总说，啥时候都行啊。

那时候用的是胶片相机。给父母拍照就如我文章里写的成了一种愿望，到底没有实现。

前不久，我通过电视购物买了数码相机。相机还没回来，我就想，等相机回来了就回老家先给上了年纪的父母好好照几张相，存到电脑里，也有个念想。不管过了多少年，不管我走到哪里，我都会看到父母的。这也就了却了我一桩心愿。可是相机回来了，天公却不作美，整天就是阴着脸，淅淅沥沥的秋雨下个不停。那天晚上看到天空中终于有了月亮，我高兴极了。第二天天还没有大亮，我就骑了车往家赶。

母亲一个人在院坝里忙着。我问，我爸呢？

母亲说，去老房后边地里了。

我说，说了不要再种地了，还种啊？

母亲说，责任田没种了。那两块自留地种不成啥，只有种一点麦子了。

父母都是六七十岁的人了，腿脚不灵便。我们弟兄都在县城做生意，不常回家。前几年就说不让他们种地了，父亲退休每月还有一千多元的工资，在农村花钱路数又少，不种地完全行的。可我母亲坚持要种地。她总是说，我是农民，农民不种地干啥？我们说服不了她，只有在农忙时回家帮忙。这两年，父亲七十多了，农活实在做不了。我们就坚决反对父母再种地。

我和母亲说着话，父亲扛着耙回来了。见到我他很高兴，说，你咋有空回来？

我说，我想你们了。我回来给你们照几张相。

我说着话就把相机拿出来。父亲看见了，说那么小啊？

我说这是数码相机，比原来的要好。父亲就说几百元买的？

我说两千多。父亲就说，尽胡花钱。两千块买那么个小东西。

我看看没有什么做背景，就拉了上房的黑木板门，又拉了一张长条木凳。父亲对母亲说，去，把你的衣裳换了。父亲进屋穿了他的呢子上衣，母亲找了一把梳子梳了她的头。

父亲说，男左女右，有讲究的。

一条自由飞翔的鱼

我让父母坐在凳子上，给他们照了三张。父亲说好了好了。母亲也说，好了，浪费胶卷的。我说这机子不用胶卷的。我又给父亲和母亲单另照了一张。看着相机里的照片，父母很高兴也很惊奇——这么快就出来了？

这几天晚上看电视剧《金婚》，很感动。婚姻能走过"金婚"委实不易。父母的婚姻已然走过了金婚。我看着年迈的父母相携走到如今，常常羡慕他们。

我现在才好好地看着我的母亲。母亲年轻的时候一定是一位美丽、善良的女子。母亲年轻的时候在我们家受了罪，孩子多，劳力少，身体也不好。老了，我们都在外有了自己的事。母亲不再为我们担心，倒也享了福。

为了我们，母亲的头发白了；为了我们，父亲的胡子也白了。父亲最大的好处是心胸宽阔。七十多岁了，他的身板挺硬朗。我们都说，这是父母的福气，也是我们的福气。

从我记事起，他就是小学校的校长。母亲说，父亲除了能教书就没有一点能力了。父亲说能把书教好也不容易，怕的是教不好。父亲一辈子的嗜好就是抽一口烟。抽烟的父亲，其实就是"除过神仙就是我"的享乐图。退休了，父亲开始信耶稣基督，我们也支持，只要父亲开心就好。

白头偕老，对年轻人来说是一种愿望，对相携走过的父母来说是一种福分。真的不容易。

衷心祝愿父母安康、快乐！

向父亲借钱

向父亲借钱，其实不需要任何理由，这就像父爱其实是没有任何理由的一样。

向父亲借钱，一直是我发怵的事。

十年钱，我买房子时，大哥那儿没有借到钱，二哥那儿借到5000元，父亲给我拿了3000元——父亲的钱是通过二哥的手给我的。当时说好了，等我手头能转过了，和二哥的钱一起还的。三年过后，我还了二哥的钱，父亲的钱一直没有还。第五年吧，母亲托人来问，我说，手头没钱，随后吧。心里想着，我结婚时父亲答应给我买家具的后来没有买，这钱就甭还了。在后来的日子里，父亲一直没有提起这件事，但是它却成了我的一块心病。

父亲其实并不是把钱看得很重。我知道他有用处。他用自己的钱从距家五六十里的腰市买了枋板，请木匠做了寿木。板材是上好的柏木，寿木是桐漆雕花，黑得发亮。他又用自己的钱买了砖、水泥、沙子，请匠人做好了墓室，水砂石面，古朴大气。乌黑发亮、深沉厚重的寿木放在楼上，典雅端庄的墓室堆在老坟园里。做好了这两件身后的重大事情，父亲舒了一口气，灰白的头发又梳的一丝不苟，背也挺得特别直了。这两件事本来是我们做儿子的分内事，父亲说，我有退休金，我就用我自己的，你们过好你们自己的光景就好了。

我至今还记得父亲给我六十块钱的事。我知道这辈子也不能忘记了！作为父亲最小的儿子，从小到大，父亲也不知给我花了多少钱，而唯有那一次让我永生难忘。那是我结婚后的第二年，因为年轻、还因为很多原因，我们和父母分家另过了，我们和父母成了见面也不说话的陌生人。也就是那一年，我的生活很糟糕，没有一点挣钱的门路。我从学校毕业就进入社会，就结婚生子，庄稼活不会做，生意更是一窍不通。面对远嫁而来的妻子和床上嗷嗷待哺的女儿，我身感无能为力。那一年秋天，雨水特别多。在去给责任田里施肥的路上，我碰到了同样给地里挑大粪的父亲——我的脑海里始终存放着那一年秋天父亲和我脚下泥泞的路面，灰色的天空下父亲凌乱而灰白的头发——我把头别向一边就要走过去了，父亲喊我，正娃！我一愣，以为听错了，脚步没有停下。父亲再喊，正娃！！我站住了——我已经和父亲近一年没有说话了。父亲见我停下了，哆嗦着从内衣口袋掏出一卷半旧不新的钞票，父亲说，拿着，去和社教他们收核桃去。那年的核桃价格一路上涨，我们村里的年轻人都骑了自行车去别的村收购核桃，回来剥了皮，把核桃仁拿到镇上的收购站去卖，一天也能挣十多块钱的。我早想去的，可惜手头没本钱，虽然当时不要一百块钱就可以的。

父亲的钱我是回到家，当着妻子的面点的，六十块整。票面有十块、五块、两块、一块还有五毛的。妻子说了句，也不给个整一百。我眼一瞪，说，够了！妻子再也没有言语。就是用父亲那六十块钱做本钱，我开始了我人生的第一次做生意，也度过了那年的难关。我也深深地理解了"雪中送炭"永远比"锦上添花"要好得多。

向父亲借钱是去年秋天的事。

那时，我刚刚涉足基金投资，眼看着人家大把大把地赚钱，心里就二十五只兔子赛跑，百爪挠心，坐不住了。拿了自己的几万块钱去投资，又想着父亲的退休金放在银行也就那么点儿利息，还不如让我拿来买基金划算。回到家，看到七十多岁高龄的父亲和母亲穿着长短不一的旧衣服，在院子忙忙碌碌的身影，我实在张不了口。看着台阶上，院子里金黄的苞谷穗子，看着父母忙碌而疲惫的身子，我说，说了再不要种地了，咋总不听呢？父亲说，去年就说不种了，你妈不听。我说，七十多岁人了，身子骨要紧。能吃多少啊？再说，我爸的退休金你们也吃不完。母亲说，现在身子还能动，在家闲着也闲得慌，责任田不种了，自留地还是种一些啊。农民不种地干啥啊？再说了自己种地吃个菜也方便。我说了我买基金的事，父母当时就说我总干冒险的事，让我不要再搞了，好好做生意是正事。我就更不好提借钱买基金的事。

前几天，我重新投资开了一下童鞋品牌专卖店，装修好了，货也进回来了，可就是把原来预计交房租的钱花的不够了。房东来要房租，我说，往后推一下，这几天基金总在跌，等涨回本钱就赎回来给你。她说不行她现在要用。因为到年关了，做生意的人都不好借钱，我就又想到了向父亲借钱。

硬着头皮回到家，父亲不在。我问母亲，我爸呢？母亲说，去永丰了。我说，找他有事。母亲说啥事？我说想借些钱。母亲说，借钱？

一条自由飞翔的鱼

我就说了我借钱的原因。母亲说，你甭找他了，他身上也没装钱，我给你看看。母亲就去翻箱倒柜，我心里说，四千块哩，你能找出来吗？你就是找出来存折，也不知道密码，我还是找父亲吧？看着我着急的样子，母亲说，你甭急，我找找看，我看见你爸把留着过年的钱放在箱底了。母亲终于找到了现金。母亲数来数去递到我手上说，你数数，看是不是一千块？我拿到手上看是 5 元的票面，惊讶，但还是数了，我说 20 张。母亲说，对。20 张，一千块。我说不对，一百块。母亲一愣，忽然笑了，看我，真是老糊涂了。你还是去找你爸吧。你去了给他好好说，就说你现在真的是倒不开，等你倒开了就还他。多说些你的难处，把你的难处说重些。离开母亲时，雪下的正大，大片大片的雪花落在母亲的头上，落在母亲的身上，母亲站在雪地里，扬了拿酱红色头巾的手，说，你给你爸好好说……那一刻，我真想拥抱了母亲，对她说，妈，我对不起你。这么大了还让你操心。我没有走过去，我的眼睛一热，喉咙哽咽了。我说不出话，也同样对母亲挥了挥手，回去吧、回去吧，外面冷。

我找到父亲时，他正在给教会起草整理一年的工作总结。一见面，父亲就高兴的给长老介绍，这是我的老三儿子，在县城做生意呢。父亲又说，他还是作家哩，写的文章上报纸和书了。父亲在别人艳羡的目光里问我，找我啥事？我说，我有急事，要让你给我找些钱倒个紧。父亲二话没问，说要多少？我说四千。父亲说，我现在身上没带现钱，走，到你妹子那儿去。

母亲教给我的理由和我一路上的想法都没有用上，父亲没有问我任何理由，就在妹妹的家里给我掏出了三千块钱。父亲说，他今天本来要存的，我要用正好给我，刚才在长老那儿不好说的。又对妹妹说，你想办法给你哥再找一千块吧。

向父亲借钱，其实不需要任何理由，这就像父爱其实是没有任何理由的一样。

把父母放到石头上

"十分"是个多么的阔大和温暖的词语，而"石头"又是多么坚硬、冰冷的具象。一热一冷之间，就彰显出父母对儿女和儿女对父母截然不同的态度。

初一、十五，妻子都会催促我上香敬神。对于敬神，我是"信则灵"的态度。

大年初一，孩子和妻子还在床上，我就早早起来，刷牙、洗脸、梳头，然后在客厅的案几上放正香炉，取出两支大红蜡烛点燃，在香炉两边一边堆上一支。用心挑出三根长短一样的带签香，在蜡烛上点燃，虔诚地做了三个辑，虔诚地插进香炉。

我跪在香炉前的地板上，焚了黄表，双手合十在胸前，闭上眼睛，在心里默默许愿：保佑我们全家和和睦睦生活，身体健康；保佑我们生意兴隆，财源广进；保佑孩子好好学习，将来能考上好一点的大学。这里说的我们是指我、妻子和女儿。许愿完毕，我磕了三个头，就要站起来了，忽然想到，我还在老家的父亲这会儿也许正和我一样，

一条自由飞翔的鱼

在家烧香敬神吧——小时候过春节，父亲总是第一个起床，烧香敬神，然后把木炭火烧旺等我们起床。想到父亲，我才想起，多少次敬神，我在三个愿望里，从来就没有给父母许过愿。

大年的第一顿饭，饭菜端上来了，我给父母打电话，我想在我动筷子之前，给父母拜个早年，问问他们现在吃饭没？可是，我打了三个电话，那边都是无法接通。想必父母的电话又没有电了。

我想到有一次回家，母亲告诉我，父亲在每个礼拜祷告时——我父亲退休后信奉耶稣基督——都请神保佑我们两口子不要吵架，保佑我的身体尽快好起来。母亲说，你妻子脾气不好，你要让着她。她颇烦了你就少言传几句。母亲还说，自己的身体自己要爱惜，有了人啥都有了。四十多岁的人了，还总要父母操心。我坐在母亲面前，只有点头的份。我说，妈，我们已经不吵架了；妈，我的身体没有事，你和我爸就不要操心了。

四十不惑的年纪，还要父母操心；而面对七八十岁的父母，我们心里更多的是自己的孩子。人类一代代就是这样的生活和延续下去，这是怎样的悲哀啊？！

前几天，看聊斋故事里的《考城隍》。宋公，讳焘，因为"有心为善，虽善不赏；无心为恶，虽恶不惩"而被录用为河南城隍。宋焘跪拜曰，"辱膺宠命，何敢多辞？但老母七旬，奉养无人，请得终其天年，惟听录用。"考官诸神稽查了其母阳寿还有九年，就说，本来应该马上就要去上任的。念及宋公的仁孝之心，给假九年，到时候了就需要上任。就让和他一同考试的秀才张生代替他去做了河南的城隍。因了宋公的孝心，这个人多活了九年。看这个故事时我最感动的就是他的孝心。古人有"父母在，不远游"的古训。现在，还有那个做儿女的在乎父母的存在和感受呢？

以前上香敬神，我许的三个愿里一直是我、妻子和孩子，一直是我们的生活、我们的生意、孩子的学习。习惯了，也就没有什么。当我在大年初一的早上，忽然想到父母，才想到一直以来，在我的内心深处，我把父母放到了一边，一直。我记得小时候，母亲常说的一句话是：父母把儿女放到十分上，儿女把父母放到石头上。那时候的我还是孩子，我听不懂母亲的话。小脚外婆常常用头巾包了馒头、核桃或者柿饼来看我们。大人就会说，稀罕（爱）外孙子，不胜（不如）稀罕门后的棍棍子。现在想来，这些乡间俚语蕴藏了多少人间经验啊！

"十分"是个多么的阔大和温暖的词语，而"石头"又是多么坚硬、冰冷的具象。一热一冷之间，就彰显出父母对儿女和儿女对父母截然不同的态度。

十五那天，我在点燃红红的蜡烛，焚香烧表磕头后，我双手合十，闭上眼睛，在心里默默许愿：保佑我的父母身体健康；保佑我们全家身体健康、和和睦睦；保佑孩子好好学习，考上个好大学。

记住一句很俗的话——身体是革命的本钱。有了健康，面包会有的，一切都会有的。我希望"信则灵"的神保佑我们包括年迈的父母有个健康的身体，生活得快快乐乐！

迷失在都市里的父亲

迷失在都市里的父亲让我自惭形秽，深深自责。

那天，我正在电脑上看《逆战》，隔壁有人喊我，吴琼，有人找你。我走出去，看见父亲撑了一把很旧的雨伞，在飞舞的雪花里，正扬了头看我的门牌，一边说，我是他爸哩！

我把父亲让进门市部，拉一把椅子给父亲，把我刚泡的茶递到父亲手上。父亲一边说不喝，一边接了茶杯。我问，这么大的雪，咋今天下来了？父亲说，到真草堂给你妈买风湿药。你妈那人就是喝不下去药——只好买了些膏药。

我拉开抽屉，父亲说，不要取烟，我身上有。我没有说话，抽出一支烟递给父亲。父亲点上烟，问我，你现在这房子多少钱？生意咋样？我唉了一声，说，就这房子，一个月都要一千二哩。也没得生意，见天能卖一百多元都是好的。有时候就是几十块钱。父亲也叹息一声，说，生意越来越不好做了。混吧，过两年把娃混大了就好了。父亲又问，你们原来上边卖饭的都搬到哪去了？我说，就搬到我对面房子的后面了。父亲继续说，这县城，拆的我都辨不清东南西北了。父亲又说，一个好人，是个妇女，一直把他从真草堂领到体育场——我们的过渡市场。父亲说，还是好人多啊。父亲说完这句话，就站起来，说，我回啊。我也站起来，你刚来，咋就走啊？

我把你送回我的住处，孩子在家，你吃过中午饭再走。父亲说，不了。我就是来看看你在哪？

走出门，父亲东看看，西瞅瞅，说，哪边是西？哪边是东？我指指东边，说，这边是东。父亲说，我还以为这边是西哩。我们回去是往西走哩。看到父亲不辨东西的样子，我对隔壁人说，帮我看一下门，我送我爸啊。父亲说，没事。你送到大门口就行了。我和父亲走到大门口，父亲说你回吧。我说，我送你过桥。走到人民路，父亲看到朝圣门，说，这就是朝圣门啊。门面是贾平凹题的，我知道。从这儿上去就上仓颉园了。说着话，我们已走到南门口桥。我对父亲说，看到没有，这个桥是双桥，两边是后来加宽的。你记住这个双桥，下次就能找到朝圣门，到了朝圣门就能找到过渡市场，找到过渡市场，第三排就能找到我。父亲看看大桥上下，又问我那边是西？我指指大桥西边，说从这边上去就是我们那儿的车站了。父亲指指桥下边，说，我还以为那边是西哩。我看着灰蒙蒙的天空，心里忽然就很悲哀。我说，那边是东，下边就是洛中，是往石门、景村方向去的。父亲说，我知道了。你回去吧。我坚持把父亲送过桥，指着南门口十字西北角的现代国美电器招牌对父亲说，你下次来了，只要看见这个招牌，就知道回家的路了。

我把父亲送过马路，坚持让他走上人行道。我对父亲说，把伞撑上，一直走，汽车站就把你挡住了。我又说，下了车，不要急着过马路，等车走了，上下看看没车了再走。父亲说，这我知道。看着父亲撑了伞，走在漫天飞舞的雪天里，我的心情很沉重：父亲是真的老了。

一条自由飞翔的鱼

　　过了年就是前年的夏天，侄子行礼，父亲从老家来到城里。礼毕，我们从大嫂家出来，父亲说让我陪他去配副眼镜。父亲说他上一副眼镜是在雪亮眼镜行配的。我说，雪亮眼镜行最近在装修，我们去西北眼镜行吧。雪亮眼镜行和西北眼镜行不在一条街上，进眼镜店时，父亲怯怯地问我，一会出来朝哪边走？我都找不到方向了。我说，出门往东走几步就是中心广场，从中心广场往下走就看见雪亮眼镜行了。找到雪亮眼镜行你就能找到回家的路了。父亲没有说话。那是我第一次发现父亲已经开始迷失在都市里了。但我当时没有意识到它的严重性。只是轻描淡写地说了回家的路。对父亲迷失的不重视表现在我当时没有彻底陪父亲到始终，而是在父亲带上测试镜片后，给工作人员叮咛几句就径直走了，去经管我自己的门市部，把父亲一个人孤零零地丢在那儿。

　　第二次还是陪父亲去配眼镜。父亲说，上次那个店里没有配成。人家说，老人家是散光，他们那儿没有那种镜片。这次去的是雪亮眼镜行。接待我们的是一个小姑娘。很热情。当我把父亲的情况说给她时，她微笑着把我们领到一个专柜，说，看上哪副，先取出来让老人戴地试试，不行再换。试了几副，父亲自己都有点不好意思了，说，就拿这副吧。挺好的。女孩报了价，说，装修后才开张，就没有多说。我还在砍价，父亲掏出钱，说，收了吧。做生意都不容易。

　　出了店门，父亲就不知道东南西北了。问我走哪儿？我一惊，才猛然意识到，父亲已经是八十高龄的老人了。曾几何时，父亲风里雨里，塬上山里，白天晚上，把他一生里最好的时光和生命都贡献给了教书育人的事业。曾几何时，父亲用一双腿两个窝窝头走几百里商州赴考，曾几何时，父亲天不亮就步行下洛州，用一根扁担挑两箩筐煤炭回家过年……不经意间，在我们忙碌自己的生意、经管自己的儿女，无暇顾忌父母时，忽然有一天，我们发现父母老了。曾经那么头脑清醒的、永不服输的父亲一下子迷失在并不繁华的都市。

晚上回到家，给爱人说了迷失在都市里的父亲。爱人说，你都没有给父亲买点吃的？我说，父亲都问我卖吃食的搬到哪了，我都给他说了，咋就没想到给他买点啥饭呢？爱人说，看你做的啥儿子？！

是啊，我做的啥儿子？迷失在都市里的父亲让我自惭形秽，深深自责。

母亲的味道

我喜欢吃母亲的粽子，在母亲的粽子里我总能吃出浓浓的端午的味道，我在剥开母亲的粽子时总能感觉到母亲手上的温度

端午节后的一天，QQ好友天河水发了个心情：这一个端午节，无端的少了两个女儿，从此再也不能团圆。虽然有点悲凉，但朋友还有感慨可发。而我，什么也没有。我跟：在我的世界里已经没有了节日的概念，任何节日都和平常的日子一样没有什么区别。生活过成如此模样是不是一种悲哀？

一条自由飞翔的鱼

　　我把这句话发到我的说说，在咸阳上学的女儿回我，爸爸，我觉得端午节没意思，所以没注重。你不准伤心哦。远在拉萨的女儿回我：爸爸，你不能这样说。生活如此美好。我只有苦笑。咸阳的女儿端午节前曾经说过想回来的，后来因故没有回来，所以她这样回。拉萨的女儿为了爱情千里迢迢几乎横跨半个中国，远走青藏高原，在那样恶劣的地域环境下，感觉生活如此美好也是理所当然。只是他们那里感觉得到几近知天命的老爸的心态啊。

　　好友蓝珊瑚跟：包粽子了吗？吃粽子了吗？只要吃了粽子就是过端午节了。我回复，艾叶、香包、雄黄酒、粽子构成了端午节的元素。只是心累而已。

　　说道艾叶，我就想起小时候的端午节，当我睁开眼睛，母亲已经在洗脸盆里放了沾露水的艾叶，碧绿碧绿的，再添上才打来的井水，清亮亮的。用双手掬一把，拍到脸上，一股清凉，一股馨香沁人心脾。端午一下子就走进了我的世界。揭开厚重的木质锅盖，斛叶、糯米的香气扑鼻而来，一双欲望的小手就从肚里，伸过喉咙，直接冲到锅前。母亲用那双厚实的手，拍打了我的锅盖头，馋猫。先点了雄黄酒再吃。说罢，母亲就拿出一小瓶淡黄色的白酒，用竹筷蘸了，在我的耳朵、鼻孔点了，说，这是辟邪哩，天渐渐热了，那些蚰蜒啊、蝎子啊闻到雄黄酒味儿，就不钻耳朵鼻子了。我们就得了护身符一样，感觉安全、保险。

　　说到粽子，我们有好多年没有自己包了。自从在城里做生意，地方小，又忙，每年的端午节就没有包粽子。可是，每一年，我们都有粽子吃。小女儿从小寄养在别人家。女儿的养父和我们关系很好，亲兄弟一样。小女儿上了初中，因为成绩优秀，就来到城里读书，和我们吃住在一起。每年春节前，孩子的养父就白馍果子用竹笼送来，每年的端午节，同样用竹笼带了粽子送来。也有那些朋友、亲戚送来三五个粽子。是的，粽子虽然没有包，但粽子是吃了。朋友说，吃了粽子就是过了端午节了。可我在吃了粽子后仍然找不到当年过端午节的感觉。

几年前的端午节，我曾经在天上还有稀疏的星星的黎明，深一脚浅一脚地上山，去找那些挂着露水的艾叶；我曾经拿了相机，去朝圣门下，拍端午节五颜六色的香包；我还把我拍到的照片发到博客，发到ＱＱ空间，搜那些有关端午的诗句，写些小资情调的文章，在端午那天，留下一点履痕。

曾几何时，我对端午，包括一切传统的节日，元宵、中秋、甚至春节都没有了感觉，找不到那种浓浓的节日的味道。

端午节后的第三天，同样生活在小城的本家哥哥给女儿举行婚礼。筵席结束，就在我要离开时，有人喊我，你妈找你，给你带来了粽子。我这才知道老家的父母也来了。见到母亲，她用一个红涤丝布袋装了三小袋粽子。每个小袋里装了六个粽子。母亲说，给你们三家都拿着。三家是我大嫂、二哥和我。我们三家都生活在小城，只有80高龄的父母住在老家。

母亲的粽子放到别人送的粽子里，我一眼就可以找出来。记得小时候，端午节前一天，母亲就煮了斛叶，这是一种特殊的植物叶，巴掌大，正面光滑细腻，背面细软缠绵，它好像是专门为端午节而生的，这种叫斛叶的叶子就是不包糯米，在锅里一煮就会放出一种特别的香气。母亲煮了斛叶，然后用清水一片一片洗干净，和斛叶放在一起煮的是苇叶和马莲。苇叶是母亲亲自去门前的芦苇园抠的，马莲是母亲去兖岭割的。母亲把斛叶、苇叶、马莲洗干净，用清水泡了，放在木桶里备用。然后去淘洗前一天晚上就泡好的红豆、糯米、红枣，再加了碱面，放在木盆里，端到门前核桃树下，拿了竹箅，提了装斛叶的木桶，坐到核桃树下的青石板上，开始包粽子。

母亲先张开左手，在手掌里一前一后交接放两片苇叶，在苇叶上面前后各相参着放置两片斛叶，叶柄朝外，再在斛叶上面放一片苇叶，然后才用右手在米盆里捞了泡好的糯米和红豆，在糯米中间放一枚大枣。母亲用她灵巧的双手左一折，右一折，前一包，后一包，从木桶里抽出早就破开接好的马莲，一圈圈绕过去，再一圈圈绕过来，一个平平整整，不薄不厚的粽子就包成了。母亲把包好的粽子装在另一只木桶里，伸腰捶背，脸上却流露出成功者的微笑。

多年来，即使社会如何进步，超市的高档粽子外包装如何诱人，母亲的粽子仍然包得一丝不苟。就连外面包扎的粽绳，人家图简单用细细的包装绳，她仍然用绿色的马莲。她说，斛叶、苇叶、马莲才是包粽子的唯一的材料。只有这样的材料包出的粽子才有端午粽子的味道。

在众多的粽子里，我只要看到马莲包扎的粽子就知道是母亲的粽子；在剥开的粽子里，我只要吃到糯米下垫着一片苇叶的粽子就知道是母亲的粽子。我喜欢吃母亲的粽子，在母亲的粽子里我总能吃出浓浓的端午的味道，我在剥开母亲的粽子时总能感觉到母亲手上的温度。一筷子粽子下口，那些醇香的味道是无法用语言来表达的，那是母亲的味道啊。

清明祭

　　清明祭祖，是一种美好的传统，更多体现了中华民族一种孝文化的传承。清明祭祖，也是提醒我们，不要忘本，根在何处，知道自己骨子里究竟有几斤几两。清明祭祖，是一代人在给另一代人做榜样，做人，千万不要忘本，做人，千万要知道高低厚重。

　　那天，二哥来告诉我，清明回老家，父亲说，婆的坟需要填土。婆去世那年是 20 世纪的七五年，那几年，正是农业学大寨的时代，平地里的坟墓都被群众运动铲平，整修出大片的农田。祖坟已不复存在，婆去世后，按政策被埋葬在距村子五里南边的沟里。几年后，政策松动，我们村里离世的老人又回归到祖坟园子，陪伴婆的只有五六个同时期去世的老人。

　　父亲今年 83 了，走路已很不方便。前几年，我们回不去，清明祭坟的任务总是交给父亲。给自己的父母上坟，父亲无怨无悔。但是，现在父亲老了，父亲已经不再风里雨里，泥里水里的畅通无阻。需要力气上的活路，父亲说，还是你们回来吧。

　　清明节前一天，我们这儿叫"壹佰午"，是祭坟的日子，新坟更是在清明前的三四天就开始祭，清明当天就不祭坟了。山坡上、田野里突出的坟堆上，坟堆边的树枝上披挂了白色的纸巴子（纸幌），在初春的天空下格外醒目。它提示路人，这些深埋地下的逝者，他们的后人还是孝子，还没有遗忘他们。如果有谁家的坟上光秃秃的没有白色纸巴子，就会招人耻笑，耻笑那些不肖的子孙，不管他是当官或者经商，也不管他距家多远，都会骂一句，羞先人哩。

我和二哥约好，清明节前一天早上我坐公交车回去，返回时，坐他的电动车，尽量不要耽搁生意——我们维持生计的唯一途径。头天晚上去中街文体商店买了十张白纸，回家用剪刀剪出纸巴子，第二天早上就坐车赶回。在快到家的路边小卖店，买了一刀烧纸。买炮，人家说，鞭炮没有了，就后悔昨天关门太迟，只买到白纸而没有买到鞭炮。回到家，二哥已经先一步到家。父亲见我回来，很高兴，说，我先去沟里啊，你们来时把镢头锹拿上。正拿了百元大钞印纸时，有人在门前路上喊，去老灵沟祭坟的走了。二哥就说，老灵沟去不？我说，你说。二哥说，咱们回来时间少，有时候又不遇相。这次碰上了，咱就去吧，也不用多少时间，省得人家说闲话。我说，好。我还没去过呢。老灵沟我一直没有去过，据说是我们吴家的祖坟。拿了纸巴子，烧纸，母亲从家里搜出的一小串鞭炮，和二哥加入村子中间大路上等待去祭祖的人群。这拨人原来都是一个自然村的，都是吴家的子孙。有好多人都是平常不在家，或者上班或者做生意，只有村里谁家老了人（去世）、春节、元宵节、清明节才回来。也只有这个时候，多少儿时的玩伴才能在一起说几句话，回忆一段儿时的光屁股故事。

老灵沟在另一个我们称为冀寨的南头村子的地盘上。沟深，荒草多，成材的树木少。顺着羊肠小道下到沟底，一个长满荒草和荆棘的园土堆就出现在我们的眼里。有人开始挂白色纸巴子，有人点燃烧纸，有人在坟前坟后鸣放鞭炮。第一次面对祖先，我唯一能做的就是在大家都站立议论八卦时，跪在坟前的地上，虔诚地叩头。站起身，我掏出相机，拍了几张传说中的祖坟，又打开动画功能，录下吴家子孙清明祭祖的一段视频。

当我们把坟前的烧纸明火扑灭，族里一个称叔的，也是村里拿事的人（村支书）说，大家聚拢过来，我说几句话。支书其实代表了族长的角色。他说了两层意思，一个是村上退休回来的几位老先生不辞劳苦，搜集、整理、编撰家谱的工作；二是老灵沟的祖坟需要整修一下，相邻的冀家祖坟已经整修一新。这两项工作都需要启动资金。原则上每户集资 100 元，然后募捐，希望有善心的人、在外工作的和做生意的人捐赠，捐赠款 100 元以上的在家谱成书时刊载留名。为了这项工作的顺利开展和透明度，东、西两洼村民小组各选出三名代表组成筹委会，指定一名会计一名出纳，资金流向张榜公布。就有人发声，先捐赠，如果不够了再集资。有人反对，集资体现了一种相对公平，哪怕是十块钱，有人出了有人不出就有问题。这个话题在离开老灵沟的路上一直争论不休。

从老灵沟里回来，二哥说，赶紧走，父亲在南边沟里一定等急了。当我们把给爷的纸巴子和烧纸、鞭炮放在爷的坟上，来到五里外南沟婆的坟跟前时，父亲已经把婆坟上的荆棘砍掉，正在整理可以做豆角架的荆条。我的记忆里，婆下葬时没有现在的砖箍墓洞，而是在地下挖掘出一个能放下寿木的土坑。婆黑漆漆的棺木放下墓坑时，墓前地上下跪的孝子已哭成一片，我少年的心一下子接近冰点，周身发凉。婆的墓坑是用生产队上放倒的杨木段排列覆盖，然后盖上

一条自由飞翔的鱼

厚土成堆，婆就入土为安，永远地躺在这冰冷的地下，成了我们以后清明祭奠的地方。二哥在婆坟的北边起土，我在婆坟的周边找到一块一块的石头垒在婆坟的坟头。二哥挖土，我拿起铁锨，给婆的坟上填土。一锨一锨的黄土覆盖了婆坟上的乱草，也覆盖了父亲砍断荆棘暴露出来的惨白的荆根。我挖土，二哥填坟，二哥挖土，我填坟，如此，婆的坟头比原来高了，呈现出突出的形态。坟前我用石块磊的坟头也显现出明显的标志。我们开始给婆坟头上铺展白色纸巴子，给坟周边的树枝上挂上白色的纸巴子。烧纸燃起来，鞭炮在婆的坟头噼噼啪啪地爆响。婆在我的印象里模糊成一个皂衣黑裤的小脚老人，婆的头上似乎还戴着一顶黑色的毡帽；婆在我心灵上最清晰的映像是一颗枕在石枕上的脑袋，婆的头发乱乱地压在脑后，婆的干瘪的嘴巴凹进去。我跪在婆的身边，把一勺勺红糖水喂进婆没牙的嘴里，硬硬的土炕咯得我膝盖生疼。婆，我们来看你了，你的孙子来看你了。虽然，在你行将离世时，我们还是懵懂少年，可谁也改变不了我们是你的亲孙子。父亲说，你昨晚给他托梦了。父亲还说，人死了，是有灵魂在的。要不，这么长时间，你为什么会在清明前的夜里给他托梦？你是怕你的儿子你的孙子忘记了你吗？你是怕你隔壁的邻居坟头上有纸巴子而你没有你脸上无光吗？

祭了婆的坟，父亲挑了空笼担，说，你们两个回来时把荆条和镘头锨拿上，我先走啊。父亲还没有走出几步，忽然摔倒在地上。二哥赶忙跑过去，父亲说，没事，挣扎着要起身。二哥搀扶起父亲，说，你要小心点。父亲的身下是冬天翻过的土地，经过冬天的雪，春天的风，软软的。如果是再走几步的砾石小路，父亲这一跤就不堪设想。

我们都对 80 高龄的父亲担心起来。

返回爷的坟地，跪在爷的坟前，我们没有一点感觉。爷离世时，二哥都没有出生。在我们的眼里，爷就是一堆土，就是离家几步的别人房子隔壁的一堆土。爷的坟干瘪、没有丰腴的土地，没有参天的大树，就连坟头也没有几块标志性的石头。但爷的坟从我记事起，就总是这么大，没有缩小也没有长大。爷也许想，我没有尽到一个做爷爷的责任，就让我这样默默无闻吧。爷的故事很少，只是从母亲嘴里知道，爷爱耍钱，从父亲嘴里知道，爷那人不顾家。但爷永远是我们的爷，每年元宵的晚上，我们会在爷的坟头燃起红红的蜡烛，每年的清明，我们仍然会在爷的坟头挂满白色的纸巴子，燃起脆响的鞭炮，我们会跪在爷的坟前，很虔诚的给爷烧纸钱。

清明节，我们还会和本家几位兄弟，去给本家里的几位先人烧纸，挂纸巴子，燃鞭炮。本家的老坟，原来有三处的，现在只有两处可以祭奠了。另一处已经在人家的院子，做了平展展的地面没有了印记。在向阳的一块地里，我们乱挂了纸巴子，燃放了鞭炮，跪在地下烧纸时，本家哥哥说，明年就不来这儿了。大家都说好。是啊，这个已经没有了印记的地方很快就会被人家盖房，做了人家的院子或者侧房的基础。

逝去的人终归要逝去，活着的人才是最主要的。有一句话叫"厚养薄葬"。觉得很有道理。父母在世的时候，尽量让他们吃好一点，穿暖一点，尽量抽出时间和他们多坐坐，拉拉话，不要因为一件小事让他们操心抑或生气。一个幸福的老年生活其实就是我们对老人最好的尽孝。"孝顺"两个字其实很有意思，什么是"孝"？"顺"

着父母的意思就是"孝"。

清明祭祖，是一种美好的传统，更多体现了中华民族一种孝文化的传承。清明祭祖，也是提醒我们，不要忘本，根在何处，知道自己骨子里究竟有几斤几两。清明祭祖，是一代人在给另一代人做榜样，做人，千万不要忘本，做人，千万要知道高低厚重。

从此聆听在梦里

父亲啊，从此以后，天上人间两重天，我再也不能聆听你的谆谆教诲，再也不能聆听你的认识阅历。从此，我们父子只能在梦里相会，只能在梦里再次聆听你磁性的声音。

去年六月份，父亲在下台阶时突然昏厥。并且口吐紫色的粘液。母亲说，父亲昏厥可能是高血压引起，口吐紫色黏液可能是吃了端午后变质的粽子。然而，父亲是真真切切的昏厥了。

几近八十高龄时，我们都张罗着给父亲贺八十。父亲知道了，说，不要，好像还说了，贺八十不好，谁谁贺了八十就没活多长时间。言下之意贺了八十也就告诉了天上地下。我们就没再坚持。一晃，父亲就八十二了。八十二岁的父亲身体一直很好。翻地、收庄稼，担水，赶集，过礼拜。只是八十过后，父亲的血压高了，期间曾在镇上医院看过，抓了几付中药，后来又是西药没断过。我们兄妹四人，小妹在镇上中学教书，大哥不在了，大嫂住在县上，我和二哥一家都在县城做小生意，老家就只有父母二人互相支撑，相依为命。老家没有人情世故，或者节日生日，我们就很少回家。现在算算，从我离开老家到现在已经整整二十年了，长大了我的二女儿。二十年前，父母也就六十多岁的样子，看看现在满街道六十多岁的男女，个个健步如飞，我那时的父母也应该和他们一样年轻和精神。可是，在这二十年里，我们忙于自己的生意，忙于照顾自己的孩子，忽略了住在老家的父母，他们在儿女的遗忘里，孤独地种庄稼，孤独地吃穿用度，在儿女遗忘的岁月里，一天一天地变老。

　　把父亲接到县上住院时，父亲的身体尚好。那一次住的是综合内科。我们是当高血压治的。医生也检查了他的脑部 CT，心脏，都没有大的问题。住院几近两个礼拜，父亲是打了点滴，就回到我的小旅馆住。父亲每次打完点滴，离开医院时都会对病室的病友说，我年龄最大，身体还最好。你们都好好看，都会好的。妻子做父亲喜欢吃的烩面片，烩豆腐，晚上我陪父亲住在二楼。那时候，父亲最大的不适是前列腺炎。每天晚上小便很多次。刚开始，我听到父亲那边有响动，就起身给他开灯。后来，我还没有起来父亲就自己开了灯。父亲说，我能行。你睡你的。到了天亮，父亲自己穿了衣服，下楼，坐在院子那把红色的塑料圈椅上。妻子或者做面水，或者做西红柿拌汤，父亲都吃得津津有味。父亲那时不按时吃药，也许在他以为，身体没啥大毛病，打点滴都是多余，就对吃药很不上心。别人劝他吃药，不高兴了，他还会发脾气。只有妻子给他拿药，他是不会推辞。原因是妻子每次都是一手拿药，一手拿了水杯，直接递到父亲眼前。

一条自由飞翔的鱼

　　父亲出院时，我们都以为他的身体很快就会恢复，原因是这么多年来，父亲几乎没有什么大毛病，有点小病就是吃点药，打点针就好了。这次住院点滴打了那么多，身体吸收了，身体一定比原来要好很多。想着最少这一年里他不会得病了。谁知一个月不到，母亲打电话，说，父亲回家一个月，身体还是不能恢复，吃饭也不行。我们就回家，见到父亲坐在土炕上，身上披着母亲的外衣，很憔悴的样子。父亲说，村里某某说了，张坡那个小医生得了谁谁的真传，中医很好，给某某抓了几副药，身体都好了。我们就用电动车拉了父亲去找那个开诊疗所的小医生。小医生给父亲号了脉，抓了三副中药。这时候，可能是心理作用，父亲的精神状态又变得好起来。过了两天，又抓了第二次药。第三次药父亲没有喝完，我们就把父亲接到医院重新检查。原因是我们认为，父亲上次住院可能治错了，应该是胃肠上的问题，是消化不好的问题，不是高血压的问题。这次住的是消化内科。起先，我们请专家也是主任医师诊病。医生开了化验单，然后让办住院手续，父亲坚持不住院，在诊疗室谁劝也不听，说，抓几副药回家喝了就好了。没办法，我们把父亲扶下楼。说先检查。可要检查就要先住下。父亲不知咋的就同意了。第二次住院，父亲的病情是一天比一天好，饭量也不错。做了胃钡餐，胃里也没有毛病。八十多岁的父亲做胃钡餐之前，我们哄他，医生让咋做你就咋做，要配合哩。要不，人家就不给做了。父亲说，我知道。放心。父亲喝那白石灰一样的糊状东西时，我心里不由一紧。父亲在机器上任人摆布，我站在一边蹲着扶他。那一刻，我感到父亲是真的老了。这次住院，父亲仍然是白天在医院打点滴，下午就回到我的旅馆。每天晚上，我和父亲拉闲话，说村里的人，村里的事，也说我的生意，我的旅馆，还有我的女儿。那一天早上醒来得早，我用手机放了《在乡村和城市间流浪》有声版。父亲听了，说，录得真好。我说，是北京某文化公司承制的，播音是电台主持人呢。父亲就很高兴，说，就是好。

这次出院仍然是父亲提出并且坚持的。也就是住了十天左右。父亲是放不下老家的母亲啊。父亲住院的时候，我们想把母亲接下来住几天，母亲就是不下来。提到母亲，父亲就放心不下，眼里都涌出泪花，就要出院。看着父亲身体恢复差不多，我们也忙，就办了出院手续。

这两次住院，父亲都能走能吃，按父亲的身体状况，我们想着不会有大毛病。

谁知父亲回家不到一个月，母亲打电话说，父亲身体是一天不如一天。我们回到家时，母亲没在家，父亲一人坐在院子里的柴草堆里，面前是剁碎的柴草。扶父亲起来，发现父亲走路已经踉跄。

第三次住院，是母亲和二哥搀扶了父亲走到公路边，坐上公交车来县城的。住院的前两天，有人扶着父亲还能上厕所。半躺着父亲还能看电视。到了第四、五天吧，那天晚上，我陪父亲，在扶他上厕所时，才发现他大便失禁了。扶到卫生间，父亲就是蹲不下去，我站在他前面，用双手穿过它的双臂，环了他的腰，他还是不能下蹲。没办法，我只好扶回病房，让父亲趴在床上，脱了他的裤子，收拾、盥洗。从此，父亲就躺在床上，大小便要人处理了。医生也没办法，打点滴没有一点好转的迹象。但父亲的饭量和思维一直很好。医生

一条自由飞翔的鱼

让父亲用手握他的手，父亲的手很有力度，医生让父亲把双腿撑起来，父亲撑了，还可以。医生摇摇头，又点点头。医生说，老年人住院时一次不如一次了。当父亲提出出院时，我们给医生说了，医生说，那就出吧。老人，没办法。问，带药不？医生说，不带。回家了，营养跟上，多按摩。

父亲回家躺在床上，我和二哥轮流每天晚上回家伺候老人。父亲的头脑一直清醒，面色红润。饭量也不错。在我们以为，父亲是力不从心。他的大脑指挥不了身体。因为在医院检查了，知道他没有其他特别严重的症状，就一直认为他是老了，年龄大了，身体各个器官老化了所致。我们一直希望奇迹出现。我甚至从网上买了轮椅，幻想着天气暖和了，推上父亲去村里，去镇上，甚至去县上逛，让父亲重新感受阳光和新鲜空气。我们相信，身体没有大病的父亲是可以站起来的，最起码是可以坐在轮椅上的。

去年冬天，我们兄弟二人轮流回老家陪父亲。每天晚上，当我骑电动车摸黑赶三十里路回到老家，父亲和母亲都松一口气，母亲一再说，你回来早点，不要摸黑，让我们担心。父亲说，娃回来就好。有几次，我在院里和母亲说话，回到父亲床前，喊父亲，父亲说，我早听到你回来了。躺在父亲脚下，看书，拿手机上网。听父亲谈大哥生前的事。也听父亲对别人的评价。我对照自己，自检自醒。多少个夜里，睡醒一觉，父亲说，他嘴里麻窝子一样，我就起床给父亲冲一杯奶粉，或者剥一枚小橘子。后来我把天狮高钙素拿回家给父亲喝，蛋晶更是没有离过，我希望父亲喝了这些高科技的东西，身体会有奇迹出现。

　　我是腊月二十七日晚上回家伺候父亲的。回到家，我看到父亲的左手平放在床上，肿得像馒头一样，父亲说，疼。晚上接尿时不敢碰。先前，父亲是右脚跟疼。总让抹红花油。不起多大作用。我后来发现是脚跟有铜钱大一片紫黑色变质块。就买了云南白药喷剂。喷了，有点作用。这次我从家里拿了几年前我手伤南边山里胡先生配的药。给父亲手上喷了。第二天大见效果。二十八晚上，父亲整夜打嗝。母亲说，父亲已经有七、八天没有大便了。那天晚上我给父亲喝了几片肠康片，第二天早上又从母亲房子找了几片芦荟胶囊给父亲喝。父亲的打嗝状况好多了，母亲却感冒严重，吐了一晚上。大年三十早上，我把车推到院里却走不了。父亲躺在上房，母亲躺在厦屋。把饭做好，母亲却强撑着起来。我说，妈，你吃，我给我爸喂。母亲说，她不想吃。她给父亲喂。让我下县城。房子是孩子拾掇的，菜是妻子买的。今年春节，我唯一做的只是买鞭炮和对联，贴对联。贴了旅馆、门市部、单元房的对联，妻子说，我给妈和爸把饺馅都拌好了，饺皮也买好了。咱买了三块钱的，给爸和妈也买了三块钱的。你拿回去，明天早上和他们一起吃。本来说好的，初一和孩子一起回老家和父母过年，又因为初一不发车就算了。只能让我一人陪父母过年。除夕之夜，当我回到家，进门，见母亲已经拌好了饺馅，正在擀面皮。我说，妻子已经买了饺皮，馅也弄好了。母亲说，我面已经弄好了，就擀吧。来到父亲身边，父亲一如既往的精神挺好，也不再打嗝。打开电视，和父亲说看春晚啊。父亲说，没啥看头。但父亲没有反对。就在我看春晚时，要给父亲接尿，父亲破天荒幽默了一下。他说，春晚和接尿放一块了，耽搁你看不上。我说，没事，

一条自由飞翔的鱼

我听春晚哩。九点多，我关了电视，一来这年的春晚实在不吸引人，二来父亲的呼吸越来越急促。我给父亲冲了一杯高钙素，父亲只喝了半杯就不喝了。我发现父亲喉咙有痰，就是咳不出。我说，爸，咳不出你就咽下去。父亲说嗯。看着父亲难受，我站在跟前却无能为力。就在我想着帮父亲一把时，父亲忽然喷出来，污物弄了我一身。我说，没事，吐了你就舒服了。我帮你擦。我还没有擦干净，父亲又喷了出来，这次我看清了，是从鼻孔喷出的。两次都是我喂进去的紫红色高钙素。给父亲收拾残局，父亲明显的不好意思。我说，没事的。吐了你就舒服了。第三次，我擦干净父亲的嘴，父亲的鼻子。缓了一会，给父亲喝了点白开水，他竟然又吐了。我开始害怕了，给母亲说了，但母亲也没在意。送母亲下去休息。我也上了床。还没有睡着，父亲就喊接尿。可每次父亲都没有尿。床下床上，七、八次，父亲都没有尿。我有点烦了，说，爸，我垫着纸，想尿你就尿，我起来给你收拾。父亲说，好，睡觉吧。可我还没睡着，父亲又说，他下脚地啊。我说，这是晚上，不是早上。不能下去。父亲说，哦。睡吧。刚一会儿，父亲又说，他下去啊，我又解释不能下去。我知道，父亲头脑一直清醒，一直想起来走路，可惜的是身体不听指挥。第三次，父亲说，他考虑再三还是要下去，他睡了一天了不睡了。我说明早吧。明早我哥回来我和我哥帮你下去。他说，靠不住。第四次，父亲又说他下啊。我一直没睡着。手机不时拿出来看。从9点半到10点，从10点40到11点38，我给二哥发了个短信，说父亲呼吸越来越急促了。过了12点，我心里说，没事了，父亲今年没事了。屋外，除夕的鞭炮不时响起。父亲说，现在人都有钱了，总响炮哩。我说就是的。过年了。一点多，联系到父亲四次说他下啊，联系到妻子前几天说她做梦梦见父亲成神了，看到父亲呼吸急促的难受样子，我起床到前院喊醒了母亲，说了父亲的情况。说实话，在那个晚上，我心里父亲没事和有事的比例应该是 8 比 2 或者 9 比 1。我不相信我的父亲会有事。我还想着天气转暖了，推父亲出去转转呢。父亲也说，没事，过段时间天暖和了他就起来啊。

母亲上来时，父亲还比较清醒。母亲给他喝了点水。父亲甚至问母亲，咱给人家行情不？母亲问谁家？父亲说 xx 家，行多少钱的情。母亲说，行，人家行多少我们就行多少。父亲说好。母亲说让我休息会儿，她在。我让母亲上床，母亲没有。看着母亲坐在床沿，我睡不着，也于心不忍。母亲感冒没好，身体也很虚弱。我说，妈，要不，你下去睡，我爸这会儿比较平稳了。我父亲也劝母亲下去睡。我看了一眼手机，是 2 点 48 分。过了一会，在我和父亲的劝说下，母亲下去了。后来，母亲说她下到厦屋是 3 点。

母亲下去了，我也睡着了。当我一觉醒来，习惯性地看手机，是 4 点 58 分。母亲下去时开了电热毯的开关。我醒来时，床特别热。我第一反应赶紧关电热毯。要不父亲受不了。等我趴在父亲身上关了开关。重新半躺在床头，看到父亲的被子没有了动静。我以为眼睛花了，又看，似乎动了两下，再看，没有动。我一想不好，就拍着父亲的被子喊父亲。声音由小到大，父亲没有答应。我趴到父亲身边，用手在父亲鼻孔摸了，才知道父亲已经永远地离开了我们。

父亲啊，你怎么这样不声不响地离开了我，离开了我们？你为什么不等着吃我们给你准备的饺子啊？

那一刻，我没有一点害怕的感觉。起床喊起了母亲，说，我父亲过世了。我和母亲陪父亲再坐一会儿。给父亲洗了脚，给父亲洗了大小便弄脏的前后，我让父亲干干净净的去往天堂。

父亲啊，从此以后，天上人间两重天，我再也不能聆听你的谆谆教诲，再也不能聆听你的认识阅历。从此，我们父子只能在梦里相会，只能在梦里再次聆听你磁性的声音。

天堂里的父亲

父亲的死真的很伟大，他调动了能调动的人来为他忙，为他守孝；他也感动了上天，不失时机地变换天气，为一个善良、正直的人，为一个虔诚的基督徒举行了一个圆满的葬礼。

农历的 1932 年 6 月，我的父亲生于洛南西部三十余里南塬的一个小村子——东洼。家贫。祖父一副挑担，一边挑着两个儿子，一边挑着全部家当，和结发妻子游走于南北二塬，打短工生活。父亲稍长，入私塾，学字未几，因家贫辍学回乡。14 岁给富人家做相工，伺候老爷少爷，给药铺打杂……据我母亲讲，爷爷爱赌博，把井沿子老房上的椽都拆下来卖了还了债。

在我母亲零星的叙述里，我知道我父亲是在家里的反对下，在众人嘲笑的眼光里，用布巾包了两个窝窝头，徒步去商县参加考试，有幸被录入商县师范学校的。父亲的坚持和聪明改变了他的命运。

从此他就端了公家的铁饭碗，吃上了商品粮，做了半辈子的教书匠。中间有一段插曲也是母亲告诉我们的。母亲说，在三年国民经济困难时期，有很多端公家饭碗的人都因为工资低、生活苦焦而回了家，弃了职。孩子多，母亲身体又不好，礼拜天回家，看到母亲艰难的生活，父亲也动了弃职回家挣工分的念头。母亲一下子就给打了回去，你想都不要想。我受苦受累我愿意。私下里，母亲在心里说，就你穷得叮当响的光景，考上学容易吗？不是你考上学我能嫁给你吗？我娘家能同意我嫁给你吗？再说了，你教学是我唯一能在人面前说得起嘴的事。就这样，父亲在母亲的反对下、劝说下、坚持下又返回了学校。母亲说，你父亲刚参加工作时在保安冉（音 ran）滩，那地方远，苦焦，每个月工资才 38 元。父亲病重时有一次和我谈起洛河，也讲到他那时候在保安教书，过洛河时水深齐腰，因为年轻胆大不知害怕，就脱了衣服鞋子顶在头上，涉水过河的情景。父亲说，他过到河中间，一个水浪打来，一个趔脚，差点把他打倒。倒是对岸一个妇女惊呼，踩稳了，慢慢来。上了岸，妇女告诉他，前几天，才有一个小伙在这儿被水冲走了。又说，你真胆大。父亲说，没办法，他要赶过来教书哩。妇女说，原来是先生啊。下次过河时喊一声，让我掌柜的接你。

父亲教书的足迹踏遍了洛南西边南北二塬，洛河流域和丹江流域。保安、眉底、永丰、四皓、胡河。把他最年轻的生命、最美好的年华奉献给了教育事业。在我们幼小的记忆里，父亲的印象就是每个礼拜回一次家，给母亲担两担水，把猪圈里的粪清出去，再把后塬上晒干的土担回来垫到猪圈里。黑市集上，父亲挑了两个箩筐，拿一只升子。我藏在麦积堆后，拿了升子坐在箩筐上，等父亲找到卖粮的人来做交易。那年月，我们家最缺的就是粮食。母亲因为身体不好，只能拿没底分的6分工，孩子又多，都在上学，每年年底我家都是缺粮户。粮食分不到，还要给生产队缴缺粮款。我父亲微薄的工资就是拿来买黑市粮的。

好不容易熬到包产到户，我父亲也退休了。就在我们一个个都成家立业，不需要父母来养活时，我们又有了自己的家庭和孩子。就在我们忙于自己的生意和孩子时，恍然间，二十年过去，父母一下子老了，都成了八十高龄的老人。

在我们的印象里，父亲的身体一直很好。现在想来，父亲是去年年初出现身体不适的。也就是刚过年不久，父亲来县城，找到我陪他配眼镜。就是那次，我发现父亲已经没有了方向感，不辨东南西北。其时，父亲82岁。但这没有引起我的高度重视。六月份，父亲开始住院，前两次都是能走能吃，只在医院打点滴。我们仍然觉得父亲身体没有大的问题，仍然觉得去世离父亲很远。就在父亲第三次住院，已经不能下床，大小便都要人伺候的时候，仍然幻想着过了年，春暖花开，父亲就会起床，就会站起来，就会和以前一样健康……

就在我们不经意的意识里，就在我们满以为死神离父亲还很远的日子里，我的父亲在和母亲，和他最小的儿子拉闲话中度过了农历的2013年除夕，就在我们庆幸父亲熬过了，挺过了这个严寒的冬季时，我的父亲却在春节的凌晨在亲人的陪伴下，安然离世。

父亲于2014年正月初一凌晨寅时去世，正月初二酉时入殓，正月初五午时下葬。就在父亲去世的前几天，妻子告诉我，她梦见父亲成神了，周身光华普照。在传统的概念里，初一、十五是神的日子。因为妻子的梦，因为父亲去世的日子，我肯定父亲是成神了，是升天了，是走进天堂了。随后的各种巧合，证明了父亲是真的成了神，并且在冥冥中主宰着一切。父亲离世时，是中华民族的传统节日春节。在这个节日里，父亲的子子孙孙，包括两个儿子，三个儿媳，一个女儿和女婿，两个孙子，七个孙女、四个孙婿都从上学的、打工的地方回来了。在父亲的丧事上，这些披着孝布的孩子跪在父亲的灵前，为父亲守丧。村上那些上班的、打工的男男女女也回来了，大家都来为父亲的事帮忙。整个一个春节，亲戚邻里都在为他忙着，都在为他悲痛着，也在为他热闹着。父亲离世时，阳光普照，天气和暖。第三天起事待客，千里之外的安康都来了亲戚。父亲的丧事办得很体面，原来准备了三十多席，后来坐了四十多席。我父亲生前爱热闹，爱讲排场。他最害怕的就是在他去世后，几个孩子闹别扭，让亲戚邻里笑话。父亲在天之灵一定感觉到了，他的丧事办得很体面，也很热闹。父亲是八十三岁的高寿了，他去世时没灾没病，是寿终正寝的，是一件高兴的事——虽然在感情上我们有不舍，有难过。

初五下葬，起灵时，天上开始飘起雪花。但地上不是很滑，当我们把父亲安葬好后，天上的雪花铺天盖地而来。把父亲的墓口封好，地下已是白雪皑皑。父亲啊，你在天之灵把一切都安排的是那样的恰到好处。

父亲去世时，不惊动一个亲人，就连睡在他身边的儿子都没有

一条自由飞翔的鱼

惊动；在给他过三天时，前后的日子都是艳阳高照，暖和如春，他让那么多的亲戚和邻居来为他热闹；下葬的同一天里，送葬时，雪花飘飘，地下却是干爽的，送他的人脚下不滑。把他安然放进墓里，致悼词时，读铭旌时，雪花都不大，等到送他的人都安全回家了，给他把墓口封严实了，他才让雪花肆无忌惮地飘啊，飘啊！不大一会儿，远处的坡上，近处的树上，眼前的墓上都是白茫茫一片，银装素裹，天地同悲。

父亲的死真的很伟大，他调动了能调动的人来为他忙，为他守孝；他也感动了上天，不失时机地变换天气，为一个善良、正直的人，为一个虔诚的基督徒举行了一个圆满的葬礼。

好大雪

父亲起灵时，天空开始飘起雪花，到父亲安葬大吉，墓口封好时，漫天的雪花就铺天盖地而来。雪花，铺盖了父亲的坟头，雪花，铺盖了父亲坟前的乱草。远处的山，近处的树，银装素裹，千里雪飘。天地为之动容，山河为之变色。天人合一，都在悼念这位忠厚善良，虔诚大德的老人。

三十那天，我买了鞭炮和对联，都是双份的，一份给父母一份给自己。贴了对联，拿上给父母买的两副对联，三挂鞭炮，还有爱人拌好的饺馅，买的饺皮，搭车回到老家，回到父母的身边。

和父母打过招呼，给父母的大门上、楼门上贴上红红的对联，往年，这些事都是父亲做的，多年来，他都是自己写对联，包括我老院子那几间没住过人的厦屋，每年父亲都要去贴了对联。南边沟里婆的坟，场边爷的坟都是父亲在祭。今年父亲躺在床上起不来了，母亲说，这些事都要我来做。对联贴好，天色就暗下来。母亲说，天黑了，你就不要去沟里了，在你爷坟上烧点纸，给你爷呼唤下，让他给你婆说，过年了，都回来过年，热热闹闹的。我说，我印了两份纸钱的，在我爷坟头一起烧，让我爷捎给我婆。

贴过对联，去爷的坟上请了灵，父亲拉稀了，给父亲清理干净，把父亲的纸尿裤去掉，重新换上新的，干爽的纸尿裤。打开电视看春晚，父亲喊接尿。接尿的时候，平常不苟言笑的父亲竟然幽了一默，把春晚和接尿弄到一块了。耽搁得都没看上春晚。我也幽默回答，没事，这个春晚只能听。九点多，春晚实在不尽人意，没有了期待中的喜庆和热闹，也吸引不住我的眼光，索性关了电视，上床半躺在父亲脚下。我习惯性的拿出手机，登上 QQ，发了一条说说：结婚 25 年来，第一次陪父母过除夕夜。但愿亲人平安健康。也愿不能陪在身边的妻子和女儿新年愉快，马年吉祥！小女儿第一个看到了，发来短信：爸爸，除夕快乐。我婆我爷肯定很高兴你回家和他们过除夕。我回复：没办法。孝顺是不能等的。祝女儿新年快乐！

谁也不会想到，就在这条说说发后不到七个小时，我的父亲却与世长辞。他没有等到吃儿媳给他准备的饺子，没有听到我准备大年初一放的鞭炮。六点多，我在母亲的帮助下，给逝去的父亲洗了脚，洗了大小便弄脏的前后私处，给父亲安详的脸上盖上纸，坐在地下陪父亲。登上QQ，我发了一条说说：昨夜（除夕）我陪在父亲身边，看着父亲喝水都吐，呼吸急促，连续四次说他不睡了，他下脚地呀！第三次更明确无误告诉我：他考虑再三，他不睡了，让我帮他下去。手机从9点显示1格红电，我不敢眨眼，从10点30等到12点，到凌晨2点，从2点到2点48……5点38分，喊父亲不应……老父于2014年正月初一寅时寿终正寝！

世事真是难料，仅仅就是一个晚上，我和父亲就阴阳两隔。前半夜还在说话，后半夜就喊他不应了。傍晚才贴上的红对联，东方泛白就只好揭下来。二女儿在她的空间发说说：全世界人民都在快乐地过新年，而我们家却一片冷清。在今天凌晨三点钟我年迈83岁高龄的爷爷去世。说不出的难过，家里也说不出的冷清。没有一点过年的气氛。此后每一年的这一天都将是难忘的日子。妈妈说爷爷是成神仙了。但愿如此。愿亲爱的爷爷一路走好。大女儿在她空间发说说：我爷爷大年三十晚上去世了，享年83岁。从此之后我再也没有爷爷了。父亲去世时，我没有流一点眼泪，看到女儿的说说，我的泪却不由自主地涌出来，心里难过万分。爱人的空间也发了父亲去世的说说，全家人都沉浸在失去亲人的痛苦里。在传统的观念里，初一、十五是神的日子。我父亲晚年信奉耶稣基督，爱人在父亲去世前几天梦见父亲祥云绕身，告诉我父亲成神了。此后的种种迹象暗示着我的父亲是真的上了天堂。腊月里，陕西电台还说，今年不会出现农谚"干冬湿年"的现象。原因是春节期间我省不会出现冷热云团相遇的气象。父亲去世时，天气尚好，温暖如春。可是，在父亲下葬那天，天气忽然就变了，父亲起灵时，天空开始飘起雪花，到父亲安葬大吉，墓口封好时，漫天的雪花就铺天盖地而来。雪花，铺盖了父亲的坟头，雪花，铺盖了父亲坟前的乱草。远处的山，近处的树，银装素裹，千里雪飘。天地为之动容，山河为之变色。天人合一，都在悼念这位忠厚善良，虔诚大德的老人。

好大雪！

母亲的苞谷

母亲的苞谷，秋天尽了，当大多数的苞谷都粒粒饱满，金子般挂在农家院坝的墙上，树上时，母亲的苞谷却是迟到一步，成了极少的稀罕的嫩苞谷。香甜入口，回味无穷时，母亲的印象就深深的嵌在心田。

父亲去世后，老家就母亲一个人守着。偌大的院子，偌大的房子，就母亲一个人在晃荡着。陪伴她的只有夕阳下的影子和雨季房檐上掉落的雨滴。破败的老房子，摇摇欲坠的房瓦，经年熏黑的烟筒。院子里，堂屋中，到处堆满杂七杂八的家什。原来想着父亲过世了，就接母亲来县城住。可到父亲去世后，母亲却死活不肯走，舍不得离开她生活了大半辈子的老家。更深一层的意思，母亲没有说，但每次看到她深深凝望堆在中堂柜子上父亲的遗像时，我明白了，母亲是舍不得父亲一个人在老家啊？当我又一次让母亲去县城跟我们一起住时。母亲终于说出了她不离开老家的原因："我下县城了，你爸回来家里没人咋办啊？"

我们于深深的难过里感受到父母一辈子相濡以沫的亲人之间那份深沉的爱。

父亲生前是吃国家饭的，老家没有责任田，母亲的责任田和我们的在一起，已经承包给别人种烤烟了。前几年父母侍弄的土地就是老家房后两块不足三分的自留地。在那两片长方形东高西底的土地上，父母春天拥葱，种菜，夏天种豆，栽苞谷，秋天是收获的季节，每次回家走时，父母必要给我们大包小包的拿上白菜萝卜，红豆绿豆，更有新麦磨面做的馒头，颜色没有街上卖的白，咬着却又筋丝，吃着闻着都香。冬天里，自留地铺上白色的棉絮，温暖的土地孕育着来年的丰收。

这两块地，是父母的心田。他们年复一年，春夏秋冬在侍弄着，乐此不疲。父亲在去世的前一年，腿脚已经不很灵便。每次倒粪只能担两半桶。收获的果实也只能半框半框的拿，就是这样，也气喘吁吁。村上的年轻媳妇，留守儿童见了，总会上去帮忙。我们回到家，关心我们的邻居就会说，给老人说说，别让他们种庄稼了。人老了做不动了，也让人担心。我们每次给父母谈起这个话题，父母嘴上答应，却总是在那两块地里种下他们的希望。

父亲前年寿终正寝。老家只留下母亲一个人留守。我们对她说，再不要种地了，自留地也别种了。现在那儿路也没有，一尺阔的小路被两旁的野草覆盖得面目全非，稍不留神，就会一脚踏出路面，有栽倒的危险。母亲嘴上答应着，下次我们回去，仍然会看到自留地里有绿云般的葱茏或者金子般的荣耀。

女儿从遥远的西藏回来，我们照例要回老家看看母亲，让女儿看看奶奶。给母亲买了她喜欢吃的，能咬的动的软饼，黏饭，水果是每次回家必须拿的。回到家，先把给母亲拿的食品祭在父亲遗像前，解开，让父亲先尝尝鲜。父亲在世时和我一样，喜欢吃零食。然后印些纸钱，带了女儿去父亲的坟前烧纸，告诉父亲，你的孙子回来看你来了，给你烧点纸钱，希望你在另一个世界不要让钱困住。

从坟地回到家，母亲说，你去房后看看，看我栽的苞谷能不能吃？能吃了拿回家让孩子吃嫩苞谷。心里想，啥时候了还有嫩苞谷？为了不拂母亲的好意，我拿了镰刀，走到老房子后边，一块地里种着四季豆，低矮少穗；另一块地里，高低错落挺立着鞭把粗细的苞谷。最高不足三尺，最低不足一尺，身材瘦小，果实无几。心里一紧，有哭的冲动。庄稼也欺负人老了，下的苦一样，结的果实太对不起母亲的劳动和希望了。把一地的苞谷刹倒，扛回家，母亲和爱人撕开小孩拳头般大的，瘪瘪的苞谷穗，有的结几颗籽，有的根本没成型就已经枯死了。

母亲说，当初苦也下的不少，一分半地她挖了几晌子的。这苞谷，太对不起人。我们没有笑，只是深深的自责。爱人说，苞谷须泡水喝能治病，就把这些没成型的苞谷穗子一股脑儿拿回县城。

早上在客厅整理这些母亲送的苞谷，边整理边自责，一边感到母亲的老和辛劳，一边是自己不能亲身亲历去照顾母亲的愧疚。看到这些一匝长的苞谷穗，没长苞谷米的苞谷穗，心里头沉甸甸的。

嫩苞谷米和苞谷胚芽在豆浆机里打出的营养米糊，像炼乳样的奶白色。加点白糖，入鼻馨香，入口绵长。和爱人、女儿坐在客厅舒服的沙发上，一边看电视一边喝着新鲜米糊，吃一两片面包或者饼干，很温馨的气氛里忽然就想到了老家的母亲，还有，同样在老家，在另一个世界的父亲。

母亲的苞谷，秋天尽了，当大多数的苞谷都粒粒饱满，金子般挂在农家院坝的墙上，树上时，母亲的苞谷却是迟到一步，成了极少的稀罕的嫩苞谷。香甜入口，回味无穷时，母亲的印象就深深的嵌在心田。

陪母亲走在冬日的暖阳里

这一刻能陪你走一走是我最大的幸福。陪着你，看着你满足的笑容，是这个冬天我最满意的作品。

我从北京回来的时候，陕南也是灰蒙蒙的天气。这个冬天是近几年空气指数最差的冬天。两次到北京，两次陪不同的朋友去天安门广场，都没有见到晴朗的天，连多云都没有，天空暗的要压下来的感觉。无论是天安门，人民大会堂，还是人民英雄纪念碑做背景的照片，无一例外是灰蒙蒙的。然而，第一次来北京的朋友仍然很高兴、很满足的样子，把照片在微信圈子里嗮。

在北京的时候就想，回到陕南，回到故乡，该是晴天丽日，暖风和煦的景象。火车在夜间穿过京津，穿过中原，及至天明到了西安，穿过地下通道，到了站前广场，抬头所见的天空依然是阴云低沉。顾不上吃早点，急急忙忙赶上早班车回陕南——陕南是西北的小江南，她的风和日丽，小桥流水是冬日的关中和中原所没有的。就是冬天吧，天上的太阳是温暖的，地里的青菜是碧绿的……

然而，现实的陕南打破了我心中的美梦。在下车的一刹那，我的梦就破碎了。陕南的天空依然和北京、和西安一样，灰蒙蒙的。第二天早上天还没亮，隔了窗子，就听见沙沙沙的响声。妻子说，下雪了吧。窗外是农贸市场搭的简易棚，雪落在上面响声就格外的大。心里咯噔一下，就想起老家的母亲。落满薄雪的院坝更滑，母亲起来走在屋檐下会不会滑倒？这样下雪的天气，她是否准备了充足的柴火可烧？最最担心的是，她如果栽倒了，身边没有一个可以搀扶她的人。这样想着，就再也没有了睡意，对妻子说，我一会去接母亲下来。妻子说，我早说过，冬天接母亲下来过冬，可她总说不下来。我说，这次一定要把她接来。

父亲去世后，老家就剩下母亲一个人了。本来要把母亲接来县城住的，可是母亲就是不来。一说县城生活不习惯，二说父亲才去世，她走了，父亲的魂魄回到家家里没人咋办？我知道，母亲还是走不出父亲新丧的阴影，舍不得离开父亲啊。去年春节前，接母亲来县城过春节，正月初四，母亲就嚷着要回老家，说，住在县城的家属楼里就是住进了监狱一样，出门没有邻居，下楼梯害怕崴跌倒，走到街道又怕不长眼的司机。所以，门是不能出的。大多时候母亲坐在客厅的沙发上发呆，家里没人的时候，她只能从窗子望出去，看楼下影子一样的人。睡在厚厚的垫子床上，母亲说，床太软，翻不过身，睡不着。我们都以为母亲的县城生活

一条自由飞翔的鱼

应该很幸福，不用做饭，不用做活，吃喝不愁，衣食无忧，可母亲很不习惯，很不自在，她还是愿意回到她大锅土灶，烟熏火燎的生活。每次我们动了接她下来一起生活的念头，她总是一万个不愿意，坚决地不同意。

当我把车停到老家门前，推开楼门时，才发现楼门从里边半插着。从半开的楼门望进去，厦屋的门、灶房的门，上房的大门都敞开着，喊了几声妈都没有人应。心里不免惶恐，手伸进去，试图扒开门闩，不能成功。又大声喊妈！妈！好一会儿，母亲才从上房大门出来，应道，是正娃嘛？我来了。看着母亲小心翼翼地走在湿滑的院坝，我一迭声说，小心点，小心点。母亲来到门前，抽开门闩。我看到母亲的右手里拿着一个葫芦瓢，瓢里是半瓢白米。我说，你弄啥啊？母亲说，我才准备做饭啊。我走进门，搀了母亲往回走，一边说，不要做饭了，我回来接你下县上去住哩。母亲说，我不去。我说，我专门接你来的。母亲还是说，我不去。母亲说，我这样能走到人面前吗？我发现母亲走路的右腿伸不展，左胳膊也蜷着，这样阴冷的天气没有穿棉袄。就问母亲，咋不穿棉袄？母亲说，钱几天在屋后不小心跌倒了，身子骨都疼。穿棉袄不方便。我看到床头的三七片药盒，搪瓷缸里的剩水，就能想象到母亲喝药时的惨状。母亲说药是我妹妹买的，妹妹要接她去一起住，她不去。我说，谁接你你就去啊，都是儿女。母亲还是那句话，人老了，走不到人面前来了。我说，你说的啥话？人老了，就是要儿女经管的。又啥不好的？这次我是专门来接你的。说啥也要下去和我们一起度过这个冬天。你在我们面前，我们也就放心了。晚上不操心你从炕上栽下来，白天不熬煎你有没有柴烧，有没有水用。再说，你年龄这么大了，土炕又那么高，万一晚上起夜从炕上跌下来，有个三长两短，让我们咋办？好说歹说，母亲终于开始收拾她的东西。就在我和母亲准备走时，楼门吱呀一响，妹妹推门进来了。妹妹双手提着大包小包，进门就说，看到我的车知道我也回来了。又说她也是看到下雪担心母亲才赶回来的。我就说了接母亲去县城度过这个冬天的想法。母亲就说，她不去，是我非让她去不可，又说，我是专门来接她去县城的。看得出，母亲嘴上说她不愿意去，内心里是很得意的，很高兴很愿意的。

接母亲下来的第二天，也许是孝心感动，老天突然开了眼，阴云散去，中午的阳光很好，暖融融的。吃过午饭，陪母亲走在楼前河滨南路新建的秦唐公园。母亲左手拄着拐杖，右手受伤使不上力，我就搀着她，漫步在步行道上，看河边的垂柳，垂柳下的一池碧水；看公园里来来往往的人，亭子里打牌的老人，步行道上背着书包上学的孩子，更多的是那些扎着堆谝闲传的老人。冬日的阳光里，是老人的天下，这些从城市各个角落，各个鸽笼子里走出来的老人，沐浴着冬日的阳光，翻哂着过去的陈年旧事。母亲说，走走路活动活动筋骨，要不，老胳膊老腿就没用了。我说，是啊，没事我会陪你的。我陪母亲从南门口走到东小桥，走累了，就坐到随处可坐的花坛上休息。我领母亲去公园的公共厕所，给她说墙上红色的，穿裙子的图案是女厕所，那个蓝色的穿长裤的是男厕所，又让她去女厕所看了，说我有事时会送她来门前这个河滨公园散心哂太阳，叮咛她走累了就坐在花坛休息，想上厕所了就去我给她说的厕所方便。

一条自由飞翔的鱼

下午太阳偏西天气转冷，我会来接她回去。千万不要一个人横穿马路。母亲像个孩子样说，我知道了。我记住了。这个时候，我恍然回到四五十年前，我就是眼前的母亲，而母亲就是现在的我。时光荏苒，母亲不再年轻，她需要我去照顾，正如多年前我需要她去照顾一样。

我在微信圈子里发了几张陪母亲的图片，写到，这一刻能陪你走一走是我最大的幸福。陪着你，看着你满足的笑容，是这个冬天我最满意的作品。

后记——人生三梦

一转眼，已近知天命之年。回头看看，大半生都因三个梦所累。而这人生中的三个梦又是那么的绚丽多彩，互相牵制，你因我而生，我因你而亡，曲曲折折之后，终于尘埃落定。

我的爱情梦

高三第一学期刚开始，一个女孩子喜欢上了我。这个女孩子的父亲是我们学校管档案的一个主任。说老实话，这个女孩子长相一般，甚至可以说不入流，没有身段，也没有脸蛋。那时候，我在我们学校已经是个名人，不是我的学习成绩好，而是我的文章写得好。对，文章，不是作文。作文是写在作文本上给老师看的，文章是写在方格稿子上，装进牛皮纸信封，递给邮局绿色柜台后那个老头，由他盖了邮戳，寄出去，给报刊编辑看的。虽然，那个时候，我的文章见诸报刊的少，但就是见报刊了。《春笋报》发了我的小小说，《文朋诗友》杂志发了我的小说，封二甚至刊登了我的照片，《山西青少年日记》报发了我的散文诗,《杂文报》刊登了我和人民日报编辑、杂文报顾问刘甲老师的通信……在校园里,我俨然就是一个小作家,就连老师也对我刮目相看,上课看小说已经成了公开的秘密。这样,我的身后就少不了追求的女生。

这个叫慧灵的女孩实在是一个例外。她是我所有追求者里最不起眼,最不能让我心动的女孩。就是这个没有一点特点的女孩最后却俘获了我的心。我父亲是一个老实人,一辈子就做他的小学教师,到了我上高中时,总算当了离家十几里山沟小学的校长。父亲的老实体现在当时,就是没有抓住机会给我们全家转商品粮户口,失去这次机会后,父亲很后悔,可是当另一个机会来到他面前时,他又犹豫了。这个机会是,吃商品粮的人退休后可以让一个子女顶替上班。当这个机会降临到我父亲身边时,我父亲想,老大虽然交代了,老二还没有交代,老三和女儿还在上学。想到以后花钱的路数多,我父亲又一次放弃了这个可以让子女吃商品粮的机会,而是继续他的孩子王生涯。我没有机会,慧灵有这个机会,他父亲在几年前通过关系把全家转成了商品粮户口。那时候有了商品粮户口就等于跳出农门,等于有了工作。有了商品粮户口的子女就是待业青年,每年都有招工进工厂或者事业单位的机会。

有了招工机会,有了准工作的女孩喜欢上了我,虽然人长得不咋样,我还是有了一点心动。再加上慧灵不时送我的钢笔、送我的手套、毛衣,还有慧灵的朋友在一边责怪我的话,我终于在众多追求者里选择了慧灵。

既然确定了喜欢慧灵,就要为我们以后的前程和生活考虑。我对慧灵说，我当兵啊！慧灵说，咋了？明年就要高考了。我说，我其他功课不好，光靠文章写得好是考不上学的。我想去当兵。再说，我现在文章都能发表了，等我到了部队，好好写文章，争取考军校，再不济，也可以留在部队做文艺工作啊。到那时候，你工作了，我也有工作了，我们就可以走到一起。慧灵先是惊讶，接着是脸红，然后就低了头，用双手抓了辫子摩挲。我说，慧灵，我要求你一点事。慧灵说，你说，多大的事？只要我能办到。我说，你绝对能办到。我说让他父亲提前给我办个毕业证，我拿这个毕业证报名参军啊。

我不知道慧灵用了啥名堂给他父亲说，总之，我在 10 月份拿到了红彤彤的高中毕业证。我从我的老家报名参军。体检时我一路过五关斩六将，到了最后一关，拿听诊器的医生在我肚子上这儿按按，那儿按按，摇摇头，后来又来了两男一女，加上先前的医生一共四个白大褂，每人脖子上都挂了听诊器，围着我转。你拿冰凉的听诊器在我身上听听。她拿听诊器在我肚子按按。有摇头的，也有点头的，最后还是把我否决了，那年接兵的部队干部很看好我，特意赶来，医生对招兵干部摊开双手，做一个无奈的表情和动作。

第二年春天开学，就在我惊异于慧灵没有来上学，问她的亲密朋友，也支支吾吾的时候，有一天，我忽然看到，慧灵和一个细高个子男人走在一起。看到我，她头一低，走了过去，我张大的嘴巴一时间无法合拢。后来才知道，慧灵也提前拿到了高中毕业证。她拿她的毕业证去参加了招工考试，去小镇西边的国营厂子上班了。和她在一起的男人就是她的对象，也是一起招工进厂的。

我的世界一片空白。

一条自由飞翔的鱼

在那个小镇中学，我是唯一拿了毕业证还在上学的学生。当热，知道我拿了毕业证的人只有慧灵的父亲和她的朋友。但这两个人也不会多事到逢人就说我拿了毕业证。我在失去来了慧灵的爱情后，开始远离文学，我争取复习功课，准备七月的高考。

黑色的七月，我落榜了。

刚过二十岁生日的我终于明白，一切美好的感情、一切崇高的理想，在残酷的现实面前都不堪一击，支离破碎。这就是我的爱情梦，也是我破碎的爱情梦。

我的摄影梦

1987 年，我高中毕业后没有考上大学，就窝在家里看小说。

那几年，我主要看的是三毛的散文和琼瑶的小说。我想象着三毛的浪漫旅途，也向往着琼瑶小说里塑造的爱情。很多时候，我把自己看作小说里的男主角，希望碰到生命里那个小说中的女主角。《第二次握手》也是那个时候看的，苏冠兰和丁洁琼的爱情对我影响颇深。我把他们相互写的书信手抄下来，读了一遍又一遍，至今，我还记得丁洁琼写给苏冠兰的信开头那一句话"冠兰，我亲爱的弟弟"。还有一本小人书，也就是连环画，名字好像叫《燕归来》。写一个台胞回归祖国的爱情故事，里边那首深情缠绵的歌曲我吟唱了好多年。

有一天，父亲和我谈话。父亲说，你现在不上学了，就是大人了。是大人就要娶妻生子，就要负担起养家糊口的责任。爱好不能当饭吃，也不能养家糊口。你必须学一门手艺。家财万贯，不如一艺在手。

父亲给我找的手艺是去镇上一家照相馆当学徒，学照相。照相馆老板我认识，是山外蒲城人，也姓吴。我在镇上上学时，常去他那里。他也知道我喜欢写东西。我说，行。我去。

其实，自从我的第一次爱情失败，我就体会到，没有一个像样的工作，连找对象都难。就在父亲说，他已经给照相馆的师傅提了烟酒，拿了点心，说好让我去学照相的事时，老天爷不作美，淅淅沥沥下起了连阴雨。照相馆师傅说，等天晴了，等天晴了就让娃来吧。

世事难料，就在这几天的连阴雨天气里，我窝在我的小屋里看书，看报。有一天，我在父亲礼拜天带回来的报纸上看到西安一家裁剪技校的招生简章。我决定不去小镇的照相馆学照相了，我要去西安啊。从小到大，我还没有走出家乡百里，最远也就是到离家三十里的县城邮政报刊亭买杂志。我想着，我去了西安，一边学裁剪，一边写东西，也许我的东西就写成功了，就能留在西安了呢。

阴雨过后，我糟蹋了父亲送给照相馆师傅的烟酒和点心，翻过秦岭去了西安。我的摄影梦还没有开花就此夭折。

1996 年，我已经是两个孩子的父亲了。我开始在县城摆摊做一点小生意。有一天，一个外地人身上背了一个帆布包，胳臂上挎了一个帆布包，两只手里把玩着一个望远镜，一个照相机。一遍吆喝着买卖，一遍咔嚓咔嚓的照相。我心灵深处某一个地方忽然动了一下，多年前父亲拿烟酒求照相馆老板收留我的往事涌上心头。我走过去，买下那个海鸥牌照相机。带着这个傻瓜相机，我和从安康来商洛给我过生日的几个哥哥几个姐夫上了华山，带着这个相机，我和女儿们去小城的雪景里留影，带着这个相机，我甚至把拍到的照片拿去市上参加"秦岭最美是商洛"的摄影大赛。

2005 年，我们去深圳参加一个营销培训。在那儿，我第一次见到了不装胶卷的相机。小巧玲珑，瞬间成像，连接电脑就可以打印出来相片。回到商洛后，我从网上购买了一台尼康数码相机。有了这个数码相机后，我第一时间回到老家给父母拍了几张照片，上传到的我的电脑里保存。山外的女儿回来了，我们一起去仓颉园、抚龙湖风景区游玩拍照。后来在华商报上看到"全民乱拍"专栏，就拿了相机去街上乱拍，果然就有一帧照片上了华商报。和文友出去采风，去省外开会，我都会拿了相机，拍了大量的照片做纪念。

前几天，我的一个粉丝朋友来找我，说起同样热爱的摄影，他说，真要玩摄影，就要玩单反。数码相机是没有技术含量的。心里想着，我的玩摄影，纯粹是一种爱好，就和喜欢喝酒的人喝酒，喜欢跳舞的人跳舞，喜欢玩乐的人玩乐一样，只是一种爱好而已。朋友说，爱好就是一个梦。为了这个梦更好更完美，不妨有点投资。

回过头看看，不经意间，我也有一个摄影梦。为了这个梦的绚丽多彩，我决定投资几千大洋，买回个单反。阿门。

我的文学梦

我的文学梦是从上初中二年级开始的。

那一年，我第一次见到了发表作文的报纸《作文周报》，知道我们这样的学生写的作文不仅仅是给老师看，还可以登在报纸上给更多的人看。手捧散发着墨香的报纸，读着报纸上的作文，我暗暗发誓，我一定要把我的作文发表在报纸上。也就在那一年，我不知天高地厚的在一个用过的作业本背面写了一万多字的"小说"。我们学校的教导主任姓鹿，也是一个文学爱好者，他无意间看到我的"小说"，很惊讶，也很欣赏，就在学校大门旁边墙上的黑板报里发了个消息：我校初二学生吴永安创作中篇小说……对不起，小说名字我忘记了。我那时学名叫吴永安。

因为狂热地爱好文学，我没有考上重点中学。当我到了小镇的高级中学后，曾经下决心不搞文学了，好好做功课考大学啊。可人的命，天注定。就在我准备"改邪归正"时，教我们语文的刘彻老师的出现，又一次改变了我的人生轨迹。刘老师是我们县的名人，他的文章经常上《陕西日报》等报刊。每当刘老师的文章发表，他就会拿了报纸，站在讲台上，右手拿了报纸，左手叉腰，声情并茂地朗读他的文章。我们都被他的风采和文采感染，梦想着有朝一日，自己的文字也可以变成铅字出现在报纸上。刘老师很快在交上去的作文本里发现了我的天赋。作文课上，我的作文永远是朗读的范本。有几次，刘老师把我叫到他的办公室，手把手给我修改作文，也三番五次推荐我的作文给报刊。高二那年，我的文字终于出现在报纸上，变成铅字，几个百字消息发表在《陕西农民报》上。我的编辑是余涌泉老师，那是一个老编辑，个人素养和情操是现在很难见到的。每次我投了稿子，他都用小楷给我回信，首先说稿子优劣，然后说我的学习。那年暑假，我

一条自由飞翔的鱼

提了一个紫色涤丝布袋，里边装着母亲特意收拾的黄花菜和核桃，到西安端履门外，进了陕西日报报社大门，找到余老师，余老师和师母接待了我，很朴实，很热情，让孩子出去买了西瓜。那是我长那么大，第一次吃到的最甜的西瓜。

虽然文字变成了铅字，但不是真正意义上的文学作品。我的心里还是有点遗憾。高三的时候，我的小小说《信任》发表在江苏南京《春笋报》上，这是我第一篇见诸报刊的可以称得上是文学作品的东西。此后，我的小说《那儿，有一片桃林》发表在山东《文朋诗友》杂志，隔几期封二上还刊登了我的照片。散文《春的足迹》发表在《山西青少年日记》等。那几年，我相继报名参加了几个文学函授，鸭绿江、青年文学等，在函授教材发表了大量的散文、小说、诗歌。有文章入选《商洛文艺丛书文学卷》、《94.青春诗历》、《青年诗人三百三十家》等。

那时候，我手头有一本从县城新华书店买的书《野火集》，是贾平凹早期作品集。里边有散文也有小说，我记得里边收的有《丑石》、《厦屋婆的故事》等。封面是白色的，野火集三个字是毛笔书写，红色还是黑色我记不大准了，印象中应该不是贾平凹自己写的。那本书我放在老家土墙窑窝里，不知翻看了多少遍。这本书让我知道作者很神圣，但也是可以触摸得到的。因为我知道，贾平凹就是我们商洛丹凤人，而丹凤和我们洛南还交界着。我就梦想，什么时候自己也能出一本书，自己的书也能在书店里卖？

那时候，这简直就是天方夜谭，就是遥不可及的梦。

2004 年，我在搁笔近乎十年后重新拿起笔开始写点小文章。

2005 年，我买回了电脑，开始在网上写东西。就是这一年，我接触了小小说作家网，认识了很多小小说作者，也开始了我小小说的创作之旅。

经过近乎十年的辛勤耕耘，我的小小说发表在全国各地报刊，作品入选权威选本和年度选本，散文作品也入选各种心灵读本，故事报刊也时有作品发表。时至今日，公开出版小小说集三本，散文集一本，诗歌一本。

我的小小说文集和散文文集在各大城市实体书店和网络书城均有销售，散文集《半个苹果的爱》和小小说集《一里一里的阳光》、《一条自由飞翔的鱼》（微阅读 1+1 工程）上架北京王府井书店。我的小小说《欲望树》入选 2012 年高考语文模拟试题。小小说《所在地》获 2011—2012 百花园原创文学奖。

2009 年加入陕西省作家协会，成为实际意义上的作家。

我的文学梦终于在近乎知天命之年成为现实。感谢文学之路上一直关注、提携我的朋友和老师。

2013.6.18